Alexander Büchner

Lord Byron's letzte Liebe

Alexander Büchner

Lord Byron's letzte Liebe

ISBN/EAN: 9783741130144

Hergestellt in Europa, USA, Kanada, Australien, Japan

Cover: Foto ©Andreas Hilbeck / pixelio.de

Manufactured and distributed by brebook publishing software
(www.brebook.com)

Alexander Büchner

Lord Byron's letzte Liebe

Lord Byron's letzte Liebe.

Eine biographische Novelle

von

Alexander Büchner.

Erster Band.

Leipzig,
Theodor Thomas.
1862.

Vorbemerkung.

Als ich vor zehn Jahren den Childe Harold von Lord Byron ins Deutsche übersetzte und in der Lebensgeschichte des Dichters den Commentar mancher schwierigen Stellen dieses Gedichtes suchte, fand sich der Stoff der nachstehenden biographischen Novelle wie von selbst zusammen. Doch blieb ich bei der Benutzung desselben der Ansicht Jean Pauls nicht uneingedenk, daß ein Dichter, als Gegenstand der Kunst, nicht mehr Dichterisches an sich hat, als jeder andere Mensch. Darum suche ich in Byron mehr den merkwürdigen Mann, das Original, den Carbonaro, den Philhellenen, als den Verfasser bedeutender Werke darzustellen. Die politischen Ereignisse Italiens und Griechenlands, welche mit den letzten Lebensjahren meines Helden zusammenfallen, bieten in jenem Sinne einen reichen und dankbaren Stoff, den ich in einer entsprechenden Weise behandelt zu haben hoffe.

Caen, im Juni 1862.

A. B.

I.

Wir sind in Venedig zu Anfange des Jahres 1521. Ein helles Licht strahlt aus den Fenstern eines der prächtigsten Paläste, welche den großen Kanal schmücken. Zwei Säle sind es, in welchen sich Kron- und Wandleuchter in riesigen Spiegeln wiedersehen, und sonderbar contrastiren in diesen glänzenden Räumen die gewölbten Decken, die hohen Bogenfenster in den tiefen Nischen, die Lambris von zierlich geschnitztem, dunklem Eichenholz, alles dem Baustyl früherer Jahrhunderte angehörig, mit der reichen und modernen Ausstattung im Mobiliar.

Es ist spät am Abend oder vielmehr in der Nacht, denn die Vereinigungen der vornehmen Welt des Ortes pflegten erst nach dem Schluß des Theaters zu beginnen, der selten vor Mitternacht erfolgte.

Der vordere Saal ist ganz und nur von Herren erfüllt, welche hier in Gruppen beisammenstehen, dort, mit Karten und Domino beschäftigt, die Spieltische einnehmen. Ebenso ausschließlich besteht, der damaligen Sitte der Lagunenstadt getreu, die Gesellschaft in dem nächsten Saal fast nur aus Damen.

In eine Divanecke gelehnt, gewahren wir die Herrin des Hauses, die geistreiche und elegante Signora Benzoni, eine Dame von mittleren Jahren mit sichtlichen Spuren einer früheren, noch nicht ganz abgeblühten Schönheit in dem angenehmen, lebhaften Gesichte. Von gleichem Alter, allein scharfkantig in den bleichen Zügen wie in der langen und mageren Gestalt, ist die Baronin Diana del Rusponi, der tägliche Gast des Benzoni'schen Cirkels.

Hat man schon die junge romagnesische Gräfin in der Gesellschaft gesehen? fragte diese Dame, gegen die Herrin des Hauses gewendet.

Noch nicht, versetzte die Letztere, sie hat noch keinen Cavalier und wird bis dahin wohl wenig erscheinen. Indeß erwarte ich sie doch noch mit ziemlicher Bestimmtheit heute Abend.

Ihr Gemahl wird sie kaum begleiten müssen, was dem alten Herrn ohne Zweifel sehr lästig fällt.

Geschieht ihm schon Recht! lachte die Signora Benzoni; warum sorgt er sich nicht für den üblichen Servente? An diese nothwendigen und unvermeidlichen Hausfreunde ist man einmal so gewöhnt, daß es auffällt, wenn man einer Ausnahme von dieser Regel begegnet.

Ein solches Verhältniß macht sich immer am besten

von selbst, mischte sich eine dritte Dame in das Gespräch. Sie war erst vor kurzem gekommen und ihr lebhaftes, dunkles Auge hatte den Kreis der Damen flüchtig durchlaufen und war forschend in den Saal der Herren hinübergestreift, ehe sie an der Unterhaltung Theil nahm. Ihre Gestalt war klein und vom schönsten Ebenmaß, und eine anmuthige Haltung im Verein mit der höchst geschmackvollen Toilette zeichnete sie vortheilhaft vor den übrigen Damen aus, deren Putz zum Theil sehr an Ueberladung litt. Sie mochte etwa dreißig Jahre zählen.

Allerdings, Signora Mammoni, entgegnete die Herrin des Hauses; das macht sich am besten von selbst, obwohl die Männer, wenn ihnen überhaupt etwas daran liegt, ihre Frauen gut versorgt zu wissen, auch ein wenig bei der Wahl des Cavaliere mitwirken sollten.

Die Angeredete antwortete nicht; abermals war ihr Auge durch die Gesellschaft im vorderen Saal geflogen und mußte diesmal das gesuchte Ziel gefunden haben, denn es haftete bei einer Gruppe von drei Herren, welche, in der Mitte des Saales stehend, sich lebhaft unterhielten.

Mit dem Gesicht den Damen gerade zugekehrt, stand ein schlanker, kaum dreißigjähriger Mann. Die schwarze Kleidung, das bleiche, ausdrucksvolle Gesicht, das dunkelblonde, zu beiden Seiten des Kopfes frei und lang herabfallende Haar und eine geringe Beweglichkeit verliehen

1 *

ihm auf den erſten Anblick das Anſehen eines Geiſt-
lichen; allein wie er ſich jetzt im Geſpräch ereiferte, den
Kopf ſtolz und frei in den Nacken zurückwarf, das
dunkle Auge den träumeriſchen Ausdruck verlor, um
glänzend unter den Wimpern hervorzuſtrahlen, und die
Hände in eifriger Geſticulation jedes ſeiner Worte be-
gleiteten, konnte man eher glauben, einen Redner von
der parlamentariſchen Tribüne vor ſich zu haben. Es
war der junge engliſche Dichter Percy Byſſhe Shelley,
welcher erſt vor kurzem, zum Beſuch ſeines dort woh-
nenden Freundes, Lord Byron, nach Venedig gekommen
war. Neben ihm ſtand ein kleiner, unterſetzter Mann,
von gewandtem Benehmen, Herr Hoppner, der engliſche
Conſul in Venedig. Der engliſche Typus ließ ſich an
Beiden, wenn ſie auch die nordiſche Sprache nicht ge-
ſprochen hätten, nicht verkennen. Der Dritte war ein
langer italieniſcher Signor, der ſich den beiden Söhnen
Albions geſellt hatte und, deren Sprache in einer betrübten Weiſe radbrechend, zumeiſt die Koſten der Unterhaltung trug.

Das Geſpräch im Damenſalon lief, durch die Auf-
merkſamkeit der Signora Mammoni für den Fremden
ungeſtört, weiter.

Wiſſen Sie denn, meine Damen, ſagte die Signora
Benzoni, welche artige Geſchichte vor kurzem der Con-
teſſa Spinelli und ihrem Gemahl paſſirt iſt?

Nein! Erzählen Sie! hieß es von mehreren Seiten.

Ich dächte doch, fuhr die Herrin des Hauses mit einem Seitenblick auf die bleiche Dame zu ihrer Seite fort, in den Kreisen der Gräfin Albrizzi müsse diese Anecdote bereits verhandelt worden sein.

Bei meiner Freundin Albrizzi, bemerkte die Baronin, hört man seit einiger Zeit nicht mehr immer, wie sonst, das Neueste.

Ach ja, sie ist aus der Mode, sagte Signora Benzoni, seit der Lord nicht mehr hingeht, der übrigens heute noch hier erscheinen wird. Doch zur Sache: die Contessa Spinelli hatte vor einiger Zeit als Cavaliere servente einen Herrn aus Schweden, Graf Fersen, glaub' ich.

Einen Ausländer! einen Ketzer! Unerhört! Abscheulich! Diese und ähnliche Ausrufungen unterbrachen die Erzählerin von mehren Seiten.

Beruhigen Sie sich, meine Damen, fuhr die Signora lächelnd fort, das wird eben hier nach und nach Mode. Graf Spinelli war mit dem Ketzer und Ausländer nicht ganz zufrieden, sie kannten sich nicht einmal persönlich, und dies veranlaßte die Dame und Fersen, sich nicht öffentlich zu zeigen; dagegen machten sie einmal, bei einer längeren Abwesenheit des Grafen, einen Ausflug nach La Mira. Als sie beim Abendessen saßen, vernahmen sie plötzlich aus einem anstoßenden Zimmer

eine herrliche Musik, und da die Spinelli dieselbe gern
näher gehört hätte, so begab sich Jersen hinüber. Er
fand ein ganzes Dilettantencorps von Cavalieren beisammen und bat dieselben, seiner Dame etwas aufzu-
spielen. Man willfahrte sogleich der Bitte und begab
sich spielend, in feierlichem Zug hinüber. Kaum war
aber der Vorderste im Zimmer, als ihm vor Schreck
die Geige entfiel, denn es war niemand anders als der
Graf Spinelli, welcher selbst, auf einem galanten Se-
renadenabenteuer begriffen, seine Frau vor sich erblickte.
Die Gräfin hatte natürlich Geistesgegenwart genug, zu
erklären, daß dies nur eine Veranstaltung gewesen sei,
um ihrem Gemahl unvermuthet zu begegnen, und damit
war die Sache richtig abgemacht.

Beifällige Aeußerungen wurden laut. Währenddes-
sen wurde der Signora Benzoni eine Meldung gemacht,
worauf sie an die Thür eilte und gleich darauf der Gesellschaft den Grafen und die Gräfin Guiccioli aus der
Romagna vorstellte.

Dieses neuvermählte und erst vor kurzem in Venedig angekommene Paar stellte einen starken Gegensatz
vor. Der Graf, ein Sechziger, mit weißen Haaren
und von kleiner Statur, trug in seinem rothen, ziemlich
nichtssagenden Gesicht den gewöhnlichen Ausdruck italienischer Verschlagenheit und Gewandtheit.

Die Gräfin dagegen, welche sich wie ein Kind an

ihn lehnte, schien höchstens achtzehn Jahre zu haben. Ihre Gestalt war klein und bei einer leichten Hinneigung zur Fülle von zierlicher Anmuth. Höchst eigenthümlich und auffallend erschien aber bei der Italienerin die weiße, durchsichtige, ganz nordische Gesichtsfarbe und das dunkelblonde Haar, welches in reichen Locken um den antiken Kopf spielte. Die südliche Abstammung verrieth sich nur in dem großen, dunklen und feurigen Auge, welches bald lebhaft aufblitzte, bald, im Niedersinken, von langen dunklen Wimpern fast verdeckt wurde. Die Gräfin schien ermüdet und lehnte bald in vertraulichem Gespräch mit der Herrin des Hauses neben ihr im Diwan.

Im Herrensalon hatte unterdessen der rabbrechende. Italiener die beiden Engländer gerade verlassen, als ein neuer Ankömmling zu denselben trat. Hoppner empfing ihn mit einer tiefen Verbeugung, welche Jener erwiderte, um dann Shelley's dargebotene Hand zu drücken.

In diesem Mann mit der mädchenhaft schlanken Gestalt und der männlich breiten Brust haben wir den berühmtesten der damaligen englischen Dichter, Lord Byron, vor uns. Auf dem langen, aber muskulösen Hals, den er, der Sitte der damaligen Zeit entgegen, ganz entblößt trägt, schwebt der stolze, an Weiße und festen Umrissen dem Marmor gleiche Apollokopf, welchen ihm selbst die Neidischsten seiner Zeitgenossen zugestehen muß-

ten. Doch diesmal ist es nicht der zornige Ausdruck
des ferntreffenden Schützen, welcher ihm so oft aus dem
dunkeln, glänzenden Auge blitzt, sondern ein freundliches
Lächeln bringt er dem Freunde, dem, der ihn am besten
kennt und versteht, entgegen.

Wer ist der Signor, der soeben von Euch wegging?
fragte der Lord nach den ersten Begrüßungen.

Es ist Herr Mammoui, Mylord, versetzte Hoppner.
Ich glaube, setzte der Consul nach einer kleinen Pause
und mit einem discreten Lächeln hinzu, er will Herrn
Shelley als Cavalier für seine Signora anwerben.

Byron blickte erstaunt auf den Freund.

Wäre es möglich, Percy! rief er dann; Sie spröder,
treuer Ritter vom See, der unter all den blendenden
Schönheiten Venedigs nur an seine ferne blonde Mary
denkt! Haben Sie also auch einmal Feuer gefangen?
Kein Wunder freilich! Sehen Sie nur, Herr Hoppner,
wie die schöne Frau mit ihren prächtigen Augen nach
ihm hereinblitzt!

Ich glaube in der That, sagte Shelley lächelnd, daß
ich eine betrübte Sache angerichtet habe. Sie, Byron,
haben mich gestern im Fenicetheater mit dieser Dame
bekannt gemacht, und ich habe Grund zu glauben, daß
die Aufmerksamkeiten, welche ich ihr erwies, falsch verstanden worden sind.

Die Einladung, warf Hoppner ein, welche der Sig-

nor Ihnen vorhin machte, läßt darin wohl kaum einen
Zweifel übrig. Sie, Mylord, haben die Engländer hier
in die Mode gebracht, und Herr Shelley soll, wie es
scheint, sogleich die Vortheile davon haben.

Sagen Sie lieber: Nachtheile, Herr Hoppner, rief
Byron, nach der betrübten Miene, welche unser Freund
in dieser Angelegenheit annimmt. Ich habe das Unheil
angestiftet und muß es auch wieder bessern. Also gerade
aus, Shelley, Sie wollen mit der schönen Donna nichts
zu thun haben?

Nein! war die entschiedene Antwort.

Dann mache ich mich verbindlich, Sie noch heute
Abend von dieser Angel loszuschneiden! Aber nun sagen
Sie uns auch wenigstens, wie Sie dazu gekommen sind,
sich in diese Beziehung einzulassen.

Sie werden darüber lachen, sagte Shelley, es war
die Aehnlichkeit mit Mary, welche mich anzog.

Sie scherzen! rief der Lord, Mary ist der Typus
einer Engländerin, und in der Baronin haben wir eine
entschieden südliche Pflanze.

Das thut nichts! die Signora ist Mary ins Südliche übersetzt. Sie lachen mich vielleicht aus, allein
ich fühlte es, es zog mich an, es war ein geistiger Zusammenhang, den ich lieber nicht erfahren hätte.

Geisterseher!

Das sind die Atheisten oft, lachte Shelley.

Namentlich in Deutschland, bemerkte Byron, wo die Geisterseherreien jetzt sehr im Schwung sind.

Deutschland, versetzte Shelley, ist die eigentliche Heimath derselben. Wer nur den Erlkönig von Goethe und die Lenore von Bürger gelesen hat, der kann sich einen Begriff von der Stimmung machen, welche dort gewisse Umgebungen zu erwecken im Stande sind. Die Deutschen sollen jetzt einen Schriftsteller haben, welcher mit dem größten Erfolg solche spuk- und nebelhafte Geschichten in humoristischer Weise verarbeitet und dabei Hunde, Katzen, ja sogar Ungeziefer persönlich individualisirt auftreten läßt, ohne doch damit auf das Gebiet des eigentlichen Märchens zu gerathen.

Die drei Engländer waren, während der Unterhaltung auf- und abgehend, in die Nähe des Damensalons gekommen. Neben der Thür desselben lehnte, Shelley immer noch mit den Augen verfolgend, die Signora Mammoni. Der Lord trat mit einer raschen Bewegung auf sie zu.

Gnädigste Signora, sagte er, wie ich soeben vernehme, haben Ihre schönen Augen wieder ein Herz erobert.

Die Angeredete sah zu ihm auf und antwortete nicht.

Zu meinem Bedauern, fuhr der Lord kaltblütig fort, muß ich Sie davon unterrichten, daß mein Freund Shelley verheirathet und ein sehr treuer Ehemann ist.

Ich danke, sagte die Dame.

Der Blick, welcher diese ruhig hingesprochenen Worte begleitete, belehrte den Lord, daß der muthwillige Scherz, den er zu machen glaubte, als eine tiefe Beleidigung hingenommen war. Er wollte einige erklärende Worte sagen, als er seinen Namen nennen hörte.

Mylord! rief die Signora Benzoni, welche noch mit der Gräfin den Divan einnahm, darf ich Sie bitten? — Eine Vorstellung!

Byron schien sich einen Augenblick zu besinnen. Er warf einen flüchtigen Blick nach den beiden Damen hinüber und trat dann mit einer leichten Schwankung des Oberkörpers, welche sich in seinem Dahinschreiten bemerklich machte, auf sie zu.

II.

Eine nähere Bekanntschaft zwischen der jungen Gräfin und dem Lord war schnell gemacht. Es gibt eine
Sympathie, welche im wirklichen Leben Menschen näher
und schneller zusammenführt, als es der Roman beschrei-
ben kann, die aber unser Dichter selbst gelegentlich mit
den kürzesten Worten:

       Sie sahn sich — liebten sich!

bezeichnet hat.

Die Sitten der italienischen Welt waren nie streng,
am wenigsten damals, und ein Cicisbeo gehörte ebenso
nothwendig wie eine zahlreiche Dienerschaft und ein
prächtiger Hausrath zu dem Zubehör einer Dame von
Stand. Unverheirathet spielte das Weib keine Rolle
in der Gesellschaft; der Fehltritt, den sich ein Mädchen
hätte zu Schulden kommen lassen, wäre etwas Unerhörtes gewesen — allein mit der Verheirathung, welche
fast regelmäßig eine rein conventionelle war, trat die
Selbstständigkeit der Frau ein und nun begannen die

Tage ihrer Freiheit, für welche sich dann der Ehemann
in seiner Weise entschädigte, indem er namentlich oft
selbst wieder als Cavaliere servente bei einer anderen
Dame auftrat. Lord Byron hat unter anderm in seinem „Beppo" dies Verhältniß treffend genug bezeichnet:

> Diesseits der Alpen ist es allen Frauen
> (Obwohl, bei Gott! die Sünde nicht gering)
> Gestattet, sich zwei Männern zu vertrauen.
> Ich weiß es nicht, wer an die Sitte fing:
> Ein Cavalier servent ist stets zu schauen,
> Und niemand kümmert sich um solch ein Ding,
> Und das nennt man — um nicht zuviel zu reden —
> Die erste Heirath durch die zweite tödten.

Was der Dichter hier mit Humor behandelt und
im Bewußtsein der Weltverkehrtheiten ruhig hinnimmt,
das war dem Italiener eine ganz natürliche Sache, über
welche er sich nicht lange mit Nachdenken plagte. Wenn
es demnach Verwunderung erregte, daß die Gräfin
Guiccioli neben ihrem sechzigjährigen Gatten noch keinen
Cicisbeo mitbrachte, so begrüßte man mit Beifall die
Nachricht, daß der in der großen Welt Venedigs hoch-
gefeierte englische Dichter in die leere Stelle eintrat.
Ein herkömmliches Liebesverhältniß war damit freilich
noch lange nicht eingeleitet. Zwar rechneten die Italiener
die Beständigkeit in der „zweiten Ehe" für eine heilige
Pflicht, und eine Verletzung derselben wurde bei ihnen
fast ebenso scharf beurtheilt und verdammt, als in an-

dern Ländern eine Versündigung gegen die wirkliche,
aber daß sich die junge Gräfin Guiccioli diesen landes-
üblichen Sitten und Ideen nicht durchaus zu fügen ge-
sonnen war, das ließ sich aus ihrer Haltung gegen den
Lord leicht erkennen.

Eines Abends sehen wir die Damen Benzoni und
Guiccioli mit dem Lord und seinem Freund Shelley
in einer Loge des prächtigen Fenicetheaters.

Unsere englischen Bühnen können sich vor dieser hier
nicht sehen lassen, sagte der Letztere zu Byron.

Hier ist man aber auch fürs Theater geschaffen,
versetzte der Lord, hier ist alles Komödie, alles Goldoni.

Ich denke doch auch Alfieri!

Ja, je nachdem, wenn seine Stücke nicht gerade ver-
boten sind. Ich halte Alfieri für einen großen Dichter.

Die Vorhänge der Loge gingen mit dem der Bühne
auf; eine renommirte Tänzerin, welche vor kurzem von
Neapel gekommen war, hatte die Letztere betreten. Sie
wandelte mit erhabenen Kothurnschritten an die Lampen,
blickte mit einer Mischung von Verwunderung und Verachtung auf das Publikum, und schien, statt ihren Tanz
zu beginnen, auf dessen vorgängige Beifallsbezeugungen
zu warten. Allein man schwieg und zwar nicht aus
Mißtrauen gegen das neue Talent, oder aus Phlegma
der Hände oder der Zungen, sondern aus dem einfachen
Grund, weil vor kurzem eine, im bella Fenice vorzüg-

lich bellebte Sängerin in Neapel eine kalte Aufnahme gefunden hatte. Die Neapolitanerin schien auf diese Demonstration durchaus nicht gefaßt zu sein, denn nachdem sie einige Minuten sprachlos gestanden und fortwährend um sich geblickt hatte, wankte sie plötzlich, trat einen Schritt zurück und sank ohnmächtig in die Arme des einige Schritte hinter ihr stehenden Solotänzers.

Mein Gott! rief der weichherzige Shelley erschreckt aus.

Beruhigen Sie sich, wandte sich Byron lächelnd zu ihm, die Krisis wird schnell vorbei sein. Hier zu Lande ist es in solchen Fällen nicht Sitte, das Corsett aufzuschneiden oder mit kaltem Wasser und scharfriechenden Salzen beizuspringen, sondern die Anwesenden rufen nur einige Namen dei santi Martiri an und dann ist der Zufall vorüber.

Der Ausspruch des Dichters bestätigte sich schnell, denn außer dem Heilmittel, das er angegeben, wandte ein Theil des Publikums, welches, vielleicht mit Recht, in der Ohnmacht einen wohlgelungenen Anfang des Ballets erblickte, eine noch weit bessere Stärkung an, nämlich einen donnernden Beifallssturm. Dieser erweckte die Ohnmächtige alsbald wieder zum Leben, worauf sie dem Ruf, welcher ihr von Neapel vorangegangen war, die vollste Ehre machte.

Sie glauben nicht, bemerkte während des Tanzes

der Lord seinem Freunde, mit welcher Naivetät die er-
götzlichen' Theatergeschichten, die hier passiren, vom Publikum aufgenommen werden. So kam neulich, ich weiß
nicht mehr bei welcher Oper, der Fall vor, daß eine
Sängerin, welche in ihrer Oper erstochen worden war,
für ihre Schlußlaute mit starkem Beifall und namentlich mit vielfachem Dacapo belohnt wurde. Was geschieht? Sie steht ganz ruhig wieder auf, singt ihre
Schlußtriller noch einmal, läßt sich noch einmal erstechen, und ich denke, daß sich auf ein nochmaliges Dacapo der Mord wohl zum drittenmal wiederholt und
keine Seele etwas besonderes dabei gefunden haben
würde. Die Darstellung ist hier Alles — der Sinn
Nichts.

Wo ist heute wieder die Gräfin Albrizzi, Mylord?
mischte sich die Signora Benzoni ins Gespräch. Wie
kann sie im Theater fehlen? Sie ist ja doch nach Ihrer
eigenen Aussage die Staël von Venedig!

Gewesen! versetzte Byron, aber jetzt durch eine Wür-
digere ersetzt, und er verbeugte sich gegen die Dame.

O wie galant Sie sind! Sie sind ja überhaupt seit
einigen Tagen ganz ohne ihre gewöhnlichen scharfen Kan-
ten und voll guter Laune! Ist daran der Besuch Ihres
Freundes, des schönen giovane e poeta Inglese neben
Ihnen schuld, oder meine theure Freundin Teresina

neben mir, für welche Sie fast nur noch allein Augen
zu haben scheinen.

Wenn mich etwas bewegen könnte, an Ihnen vor-
beizusehen, so dürfte es allerdings nur Ihre Nachbarin,
die Contessa Guiccioli, sein, — und der Blick des Dichters, welcher sich jetzt wieder voll auf die junge Dame
richtete, bestätigte seine Worte.

Ich bin heute bei der Gräfin gewesen, sagte Teresa,
und habe ihre Helena von Canova bewundert.

Ich theilte Ihre Bewunderung, Signora, sagte Byron, und begeisterte mich dort zu einer Strophe, die ich
Ihnen mittheilen würde, wenn ich nicht seit einigen Tagen die Unwahrheit ihres Inhalts erfahren hätte.

O, bitte, heraus damit, Signore Straniero! rief
die Benzoni.

Sie sind so selten in der Laune, etwas von Ihren
Poesien mitzutheilen!

Der Dichter zögerte; sein eigenthümlicher Eigensinn,
der ihn oft grade darum, weil man etwas von ihm verlangte, auflog, flammte auch jetzt wieder aus seinen Augen; auf eine Bitte Teresa's aber senkte sich der in den
Nacken zurückgeworfene Kopf wieder, und er declamirte
die folgenden Zeilen:

In diesem holden Marmor seht,
Hoch über Menschenthun und Denken,
Was die Natur zu thun verschmäht,

Doch Schönheit und Canova schenken!
Den Schwung, den Phantasie verleiht,
Beflegend, und des Dichters Triebe,
Gekleidet in Unsterblichkeit:
So lebt die Helena der Liebe! —

Schön! vortrefflich!

Aber unwahr! denn ich habe seither gesehen, daß die Natur, zwar selten, doch nicht ganz verschmäht, mehr zu thun als Canova und der Dichter können! — Eine Pause entstand. Wissen Sie auch, sagte dann der Lord, was die boshafte Signora Mammtoni von meiner ehemaligen Freundin Albrizzi geäußert hat?

Nun?

Als sie von ihrem Geburtsort Korfu hierher gekommen, habe sie einen todten Venetianer geheirathet, das heißt todt, seitdem er sie geheirathet!

Die Damen lachten.

Bitte, erzählen Sie uns Etwas, sagte nun die Benzoni, bis das häßliche Recitativ vorüber ist.

Ich wüßte eine Geschichte von Todten, entgegnete der Lord, die aber zu gräßlich ist für so zarte Ohren!

O, wir fürchten uns nicht.

- Was ist es? fragte Shelley.

Es ist die Vampyrgeschichte, welche dem neuen Gedichte von Coleridge zu Grunde liegt. Stellen Sie sich vor, daß in einer Aprilnacht bei abnehmendem Mond-

licht der Wind durch einen deutschen Eichwald pfeift. Aus
der Pforte eines mittelalterlichen Schlosses tritt, um Mitternacht, dicht verhüllt, ein junges Mädchen. Beim rothen Schein der eben auffsteigenden Mondsichel sucht sie
ihren Weg nach einer alten Eiche, dort sinkt sie in die
Knie, um, einem Gelübde gemäß, für ihren im Krieg
abwesenden Ritter zu beten. Eine schöne weiße Taube,
welche sie nie verläßt, schwebt wie ein Schutzengel um
ihr Haupt. Sie hat eine Weile gebetet, da wird sie
durch ein Geräusch in ihrer Nähe aufgeschreckt, und aus
dem Dickicht tritt eine reichgeputzte, strahlende Dame
von üppiger Schönheit, allein blaß und matt; sie fleht
um Hülfe und Schutz; aus einem plötzlichen Ueberfall
der Feinde auf das Schloß ihres Vaters sei sie mit
Mühe in diesen Wald entkommen. Christabel, die Hel-
din der Dichtung, nimmt die Verlassene auf und führt
sie in ihr Schlafgemach, obwohl ihre Taube Abneigung
gegen die Fremde beweist, und die treue Schloßdogge
sie anknurrt. Am nächsten Morgen strahlt die fremde
Dame, Geraldine, die mit Christabel Arm in Arm ent-
schlummert ist, wieder in voller, kräftiger Schönheit,
Christabel aber tritt, müde und ermattet, vor ihren Vater, um ihm dem Gast vorzustellen. Dieser entbrennt
von Liebe zu der zuvorkommenden Schönen, ein alter
Barde warnt ihn zwar durch die Erzählung eines
Traums, in welchem ihm die weiße Taube von einer

wunderschönen grünen Schlange umwunden und erwürgt
erschienen war, er aber lädt die Fremde zu sich zu Gast,
bis ihr Vater von ihrem Aufenthalt bei ihm benachrich-
tigt sei. So weit, und Byron wandte sich zu Shelley
hat Coleridge sein Gedicht vollendet, allein der Stoff
geht weiter. In der folgenden Nacht erwacht das Mädchen mit einem unendlichen Gefühl der Beengung und findet sich in Geraldinens Armen, welche sie eng an sich
gepreßt hält und ihren Mund mit Küssen bedeckt. Sie
sucht sich der Fremden zu erwehren, sie bittet und fleht,
allein die Umarmung wird immer enger, die Kraft des
Mädchens nimmt ab, endlich stößt sie mit einer letzten,
verzweifelten Anstrengung die Fremde von sich ab, da
sieht sie auf deren Brust ein entsetzliches bärtiges Gesicht mit weitem, blutigem Munde und großen, gläuzen-
den Zähnen, und zwischen ihrem eignen entblößten Bu-
sen wird eine weite Wunde sichtbar, aus welcher ein
Blutstrom quillt. Entsetzt, ohnmächtig sinkt das Mädchen vor diesem gräßlichen Schauspiel zurück, und der
Vamphyr stürzt sich aufs neue auf seine Beute. Am
nächsten Morgen findet man die weiße Taube über ihrer
sterbenden Herrin trauernd, die Fremde ist verschwunden, aber alle Liebe des Vaters zu seiner Tochter hat
sich jetzt auf jene gerichtet, er spürt ihr, ohne sie auf-
finden zu können, durch die halbe Welt nach, und findet
zuletzt einen qualvollen Tod.

Gut, daß wir fertig sind, rief die Benzoni, den Vorhang aufreißend, eben kommt die Bravourarie!

Der Dichter hatte sich bei seiner schauerlichen Erzählung in einen solchen Eifer hineingeredet, daß er zuerst nicht bemerkte, wie Teresa erschreckt an ihre Freundin hingerückt war, und als er sich nach Shelley umwandte, sah er dessen Platz leer und die Logenthüre offen. Er trat hinaus und fand Jenen leichenblaß an die Wand gelehnt; sein schönes Haar hing ihm über das vorgebeugte Gesicht herüber. Auf Byrons Anfrage, was ihm fehle, antwortete er anfänglich nichts, dann aber, sich wieder aufrichtend, sagte er: Sie glauben nicht, Gordon, wie meine Phantasie von Ihrer Erzählung angeregt worden ist; erst war ich aufs höchste gespannt, dann aber wurde es mir, als sei es mein eignes Blut, welches mir aus der Brust gesaugt würde, und ich verließ noch rechtzeitig die Damen, um vor ihnen nicht die Rolle jener Tänzerin spielen zu müssen. Jetzt ist mir besser.

Die beiden Engländer traten wieder in die Loge zurück, das Stück nahte seinem Ende, der Cavalierdienst des Lords bei Teresa war jedoch heute überflüssig, da Graf Guiccioli selbst kam, sie abzuholen. Er begrüßte Byron aufs freundlichste und lud ihn zu wiederholten Besuchen in seinem Hause ein.

Teresa, sagte er, hat Geschmack an Ihnen gefunden,

Signore Inglese; sie ist im Kloster erzogen und hat viel
Bildung, sie liest Dante und Tasso, und mit Ihnen
kann Sie ja davon sprechen, Sie verstehen das, Sie
sind ja selbst ein großer Dichter. ,

Damit verabschiedete er sich.

Bei Byron war schnell der Dämon der üblen Laune
wieder eingekehrt, als er dem Grafen begegnete. Er
verließ die Signora Benzoni, welche seine Begleitung
zu erwarten schien, und lud seinen Gast ein, vor der
Heimkehr eine Spazierfahrt in der Gondel durch die
herrliche Mondnacht zu machen.

III.

Am Canale Grande harrte mit seiner Barke der Gondolier Tita, ein stattlicher Mann mit einem großen schwarzen Bart. Was in anderen Städten die Droschkenführer, das sind in Venedig die Gondoliere, und damit ist zugleich gesagt, daß der frühere sagenhafte romantische Reiz, welcher sie umgab, mit ihren Barcarolen zu Grabe gegangen ist:

> Venedig hört des Tasso Sang nicht mehr,
> Still rudert, ohne Lied, der Gondolier. —

Tita war bald nach der Ankunft des Lords in Venedig aus der Reihe der Barkenführer aus- und unter seine zahlreiche Dienerschaft eingetreten. Er hing mit einer fast schwärmerischen Liebe an dem wunderbaren „giovane Straniero“, der nicht allein durch sein Gold, sondern auch durch seine Kunst im Schwimmen und im Reiten dem italienischen Populus die aufrichtigste Bewunderung abzwang. Durch seine stattliche Stärke war Tita ebenso bei dem schönen Geschlecht beliebt wie un-

ter ben Männern gefürchtet, unb man sagte von ihm
wohl nicht mit Unrecht, baß er in Raufereien, also auf
die ehrlichste Weise von der Welt, schon Mehrere talt
gemacht habe. Dabei war er aber nach glaubwürbigen
Versichernngen die gutmüthigste Seele.

Das sonderbare, in Venedig einheimische Fahrzeug
der Gondel, welches die beiden Freunde jetzt besteigen,
um bei zurückgezogenen Vorhängen in die Nacht hinaus-
gelehnt, auf der dunkeln Fluth lautlos hinzugleiten, verdient eine nähere Beschreibung, und Wer kann diese
besser geben, als unser Dichter, welcher sie so oft und
vielfach bennute? Er sagt:

> Habt Gondeln ihr gesehn? fast fürcht' ich, ihr
> Habt nicht, barum beschreib' ich sie genau:
> Ein langes Deckboot ist gebräuchlich hier,
> Krumm an der Spitze, leicht, doch fest an Bau;
> Zwei Ruder hat's, die heißen Gondolier;
> Hingleitet's auf dem Wasser, schwarz zur Schau,
> Gleich einem Sarg, der in 'nem Kahne ruht,
> Wo Niemand seh'n kann, was ihr sprecht unb thut.
>
> Auf den Kanal unb ab seht ihr sie geh'n,
> Unb den Rialto schießen sie entlang,
> Nachts, Tags — langsam unb schnell sind sie zu seh'n,
> Unb am Theater harr'n, ein dunkler Drang,
> Sie stets in ihren traurigen Livreen;
> Doch ist nicht viel Betrübniß drein im Schwang —
> Nein, oft enthalten Freude sie genug,
> Wie Trauerkutschen hinterm Leichenzug.

Ein solches Fahrzeug, bald mit dem Ruder, bald,

wo Kanal oder Lagune seicht genug ist, mit der Stange
fortgetrieben, schießt jetzt im Mondlicht den großen Kanal entlang. Die silbernen Streifen, welche hinter ihm
im Wasser aufglänzen, mischen sich mit rothen Reflexen,
hier und da zurückgeworfen gegen einzelne Lichter in den
Palästen, welche düster von beiden Seiten auf den Kanal blicken. Gothik, Renaissance, der maurische Huf-
eisen- und der römische Cirkelbogen zeigen sich abwech-
selnd in den prachtvollen, zum Theil ganz verlassen
stehenden Gebäuden. Jetzt ist der prächtige, weitge-
sprengte Bogen des Rialto passirt, aber immer dehnt
sich noch, lang gewunden, die Wasserstraße hinaus, bis
sie sich endlich auf den weiten Kanal della Giudecca
öffnet. Links zieht sich dessen Fortsetzung, der St. Mar-
tuskanal, in die Lagunen hinaus. Dort am Molo ent-
faltet sich die eigentliche Pracht der Lagunenstadt, dort
thront auf einer der beiden riesigen Säulen, welche die
Piazzetta schmücken, das Wahrzeichen der stolzen Stadt,
der geflügelte Löwe, dahinter glänzen die Kuppeln der
Markuskirche auf ihren weltberühmten Platz, halb verdeckt durch den daneben aufgethürmten Dogenpalast, welchen eine kleine Brücke über ein schmales Wasser dicht
am Markuskanal, die Seufzerbrücke, mit den Staatsge-
fängnissen, trauriger Berühmtheit, verbindet.

Allein nicht um die Reste des Glanzes, welche noch
„die Städtefee", „die Seekybele" schmücken, drehte sich

die Unterhaltung der beiden Dichter, wie sie jetzt nach
dem Arsenal hinüberglitten, sondern um die Eigenthüm-
lichkeiten des italienischen Lebens, welches für Shelley
das vielfachste Interesse bot. Er äußerte vor allem den
Wunsch, die Sprache des Landes zu erlernen, und rühmte
die Fertigkeit des Ausdrucks, welche Byron bereits darin
erlangt hatte.

Bei unserer classischen Vorbildung, versetzte dieser,
und unserer harten, speienden, spuckenden nordischen
Sprache, welche die Zunge geläufig macht, lernen wir
leicht dies sanfte Bastardlatein,

Das aus dem Mund, gleich Mädchenküssen taucht,
Und nur geschrieben sollt' auf Seide sein,
Mit Salben, wie der süße Süd sie haucht.

Es ist eine Sprache fürs Theater.

Sie stellen sich nicht vor, welche poetische Uebertrei-
bungen in den Ausdrücken des gewöhnlichsten Lebens täglich vorkommen. Die Jeruarina, Gott bessere sie! sagte
mir einmal, mit einer Nebenbuhlerin, welche ihr grade
zu erwachsen drohte, werde sie eine Guerra di Candia
anfangen, mit Anspielung auf einen hartnäckigen Krieg,
welchen die Venetianer einmal geführt haben, und eine
Guerra di Candia wäre es wohl geworden, denn sie
waren beide stark, groß, couragirt und aufs äußerste
entschlossen. Sie würden dann nicht, wie Palafox in

Saragossa: Krieg bis aufs Messer! sondern: Krieg bis auf Nägel und Zähne! gerufen haben.

Die Fornarina wußte ja wohl auch einen Krieg bis aufs Messer zu führen?

Auf etwas mehr oder weniger kam es dieser Megäre nicht an, wenn sie gereizt war. Ihre Liebhaberei, mich „gran can della Madonna" zu nennen, ist bekannter geworden, als mir lieb ist; dann pflegte sie auch zu mir zu sagen: „viscero mio!" das heißt meine Eingeweide! ferner: Ich würde für dich in die Mitte von hundert Messern gehen, was bei dem soliden Gebrauch, welchen man hier von diesen Instrumenten zu machen weiß, allerdings ein Unternehmen von hypothetischem Ausgang gewesen sein würde, und endlich: Ich habe dich zum Todtschlagen lieb! Die Vorgängerin der Fornarina, Marianna, ein Frauenzimmer, mit welchem ich immer möglichst fein zu verfahren mich bemühte, sagte einmal zu mir: Wenn Sie mich wirklich liebten, würden Sie nicht so viel schöne Redensarten darum machen, welche zu nichts gut sind, als um sich die Schuhe damit zu putzen! Wenn sie von schlechtem Wetter, von schlechten Wegen sprechen wollte, sagte sie immer: tempo perfido, strada perfida!

Man verleiht also den leblosen Dingen, den abstracten Begriffen die moralischen Eigenschaften der Menschen. In solchem Land haben's die Pfaffen bequem, Herrgötter und Heilige zu machen.

Immer Philosoph, immer Forscher nach den letzten Gründen der Dinge, immer Verneiner, immer Schlange! rief Byron.

Meist ohne es zu wollen, versetzte Shelley, denn ich habe erleben müssen, was kaum ein Anderer, selbst Sie nicht, erlebt hat. Auch Sie hat die Verleumdung angebellt, Ihre Familienbande zerrissen, Ihren Geist verdächtigt und Sie in die Verbannung getrieben, weil Sie nicht auf den abgenutzten, hergebrachten Brettern eine traurige Rolle in der Komödie mit herunterspielen wollten; allein hat mich nicht mein eigener Vater verstoßen, mein Weib freiwillig verlassen, hat mir nicht der Staat meine Kinder entrissen, weil er sie der Erziehung eines Atheisten nicht überlassen zu dürfen glaubte? Und dennoch habe ich eine Heimath gefunden in Italien, dem Paradies Verbannter, einen Freund, und mehr noch! meine holde Mary wird mich bald in Pisa treffen.

Möge Ihnen das Glück werden, Percy, sagte Byron erschüttert, welches ich in der Fremde vergeblich gesucht habe und wohl nie finden werde.

Und dennoch glaube ich, Sie stehen an der Schwelle desselben! Denken Sie an Teresina!

Percy! sagte Byron abbrechend, ich habe Sie verhin nicht umsonst die Schlange genannt; Sie wissen, was ich damit meine, Sie sind wie die Schlange im Paradies, welche alles beweisen kann, nur Gott nicht.

Allerdings, sagte Shelley ruhig. Wenn es eine göttliche Weltordnung gibt, woher das Böse? Kommt es aus ihr, dann ist sie nicht gut, kommt es nicht aus ihr, dann ist es für sich da und Jene ist nicht allumfassend.

Vortrefflich! Ich habe eine Arbeit unter der Feder, welche hoffentlich meinem Lehrer, der Schlange, Ehre machen wird. Es wird ein Drama nach dem Muster der alten kirchlichen Schauspiele, der Mysterien, werden und soll dem Ursprung des Bösen direct zu Leibe gehen. Rathen Sie seinen Helden!

Kain?

Kain!

Die Gondel kehrte auf einen Wink des Lords jetzt wieder nach der Stadt um.

Kain! Er ist der erste, der nach dem Warum? fragt, welches nach ihm ständig werden soll. Ich gedenke nicht, ihn als bloßen Verstandesmenschen anzulegen; er soll lieben; neben der Rechtsfrage soll sich sein Stolz dagegen empören, durch einen bloßen Zufall Träger einer fremden Schuld zu sein. Er soll verschmähen zu beten, denn er fragt: warum? Wenn ihm Adam sagt: danken für das Leben! fragt er: und was für den Tod?

Adam entgegnet, das seien die Worte der Schlange, und er sagt: warum nicht? Die Schlange sprach wahr, es war der Baum der Erkenntniß, es war der Baum des Lebens; Erkenntniß ist gut, und Leben ist gut, warum sollte es übel sein?

Gordon! warf Shelley ein, Sie sind ein größerer Metaphysiker als Manche, mehr als Sie selber wissen!

Der Dichter fuhr eifrig fort, sein Thema zu entwickeln: Lucifer muß als der Repräsentant des kalten, rechnenden Verstandes zu ihm treten. Wenn Gott, so spricht er, uns geschaffen hat, kann er uns nicht wieder vernichten, denn was ist, kann nicht aufhören zu sein, also sind wir unsterblich, und der Tod ist nicht. Auf Kains Frage, ob Er die Schlange gewesen, wird er antworten: die Schlange war eine Schlange, sonst nichts; ich versuche niemanden, aber ich pflanze auch keine fatalen Bäume vor Leute, denen ich deren Berührung verbiete, ich hätte euch gut gemacht und nicht aus dem Paradies vertrieben, sondern euch die Erkenntniß zusammen mit dem Leben gegönnt. Kain wird mißmuthig, mit wachsender Erkenntniß, er speculirt statt zu arbeiten, er verlangt beim Opfer ein Zeichen vom Himmel, und seinen Bruder erschlägt er in der Mißstimmung und im Affect, nicht als vorbedachter Mörder.

Und die Moral?

Was weiß ich? die wird sich finden, wenn wir am
Ende sind. Vermuthlich die:

> Des Wissens Baum ist der des Lebens nicht! —

sonst komme ich in die Hölle! .

Die Freunde schwiegen, bis die Gondel an die
Treppe des Palastes Mocenigo anstieß.

.

——— ——

IV.

An einem der folgenden Tage trafen sich die Damen Guiccioli und Mammoni bei der Gräfin Albrizzi. Die Letztere war eine Dame, welche in der vornehmen Welt Venedigs alle Nebenbuhlerinnen an Geist, schönwissenschaftlicher und gesellschaftlicher Bildung bei weitem überwog. Ein sehr beträchtliches Vermögen setzte sie in den Stand, ihrem Kunst- und Literardilettantismus den gehörigen Nachdruck zu geben, und so kam es, daß sie eine Zeitlang den Mittelpunkt der feinen Welt bildete, an welchen sich namentlich alle ausgezeichneten Fremden, wie auch Lord Byron, anschlossen. Er hatte einmal, obwohl mit Unrecht, für einen beglückten Anbeter der immer noch schönen Contessa gegolten, und soviel stand sicher, daß sie die Extravaganzen seiner Lebensweise, welche selbst dem Italiener mitunter zu bunt vorkommen wollten, in Schutz nahm und für unausbleibliche Folgen seiner Genialität erklärte. Diese Edelsinnigkeit in seiner Vertheidigung behielt sie auch noch

bei, als er, mit seiner gewohnten Launenhaftigkeit, sich
plötzlich in den Cirkeln ihrer Nebenbuhlerin, der Signora Benzoni, mehr angezogen fühlte, dort nicht in
Bosheit, sondern in gedankenlosem Leichtsinn über seine
Freundin spottete und ganz vergaß, daß sie es einst ent-
schuldigt hatte, als auf einem Maskenball, welchen sie
am Arm des Dichters besuchte, die Fornarina auf sie
losfuhr, ihr die Maske abriß und, die gesuchte Nebenbuhlerin in ihr vermuthend, die erwähnte Guerra di
Candia zu beginnen Miene machte.

Jn gleicher Weise verhielt sie sich jetzt, als sich die
Signora Manmoni mit wenig Schonung über die Ver-
gangenheit des Dichters zu äußern begann.

Sie glauben nicht, Carina, sagte diese zu Teresa,
welche Streiche dieser Mensch schon gemacht. Aus seinem Vaterland ist er nur darum verbannt, weil er
durch die Gewalt eines Dämons, welcher in seinem
Dienste steht, alle Damen unglücklich machte, welche das
Unglück hatten, ihm zu gefallen. Er ist dort nicht weniger als dreimal verheirathet, seine Frauen trauern um
ihn, seine Kinder schreien nach ihm, und trotzdem setzt
er in unserm Garten der Welt seine Teufeleien fort.
Wenn das vor hundert Jahren geschehen wäre —

Hätten die Damen nicht minder gern auf seinen
Dämon gehört, als jetzt, unterbrach die Vertheidigerin.

Aber der Staat von Venedig hätte seine Schuldig-

-teit gethan, und die Gefängnisse würden sich für den Schwarzkünstler geöffnet haben!

Schade, daß Sie ihn damals nicht einsperren lassen und sein alleiniger Kerkermeister werden konnten, amica mia! meinte die Herrin des Hauses; Sie wären gewiß mit dem Dämon bestens fertig geworden!

Sie, Gräfin, versetzte die Signora Mammoni gereizt, haben wohl auch Ihre Versuche, ihn zu bannen, aufgeben müssen. Oder glauben Sie, daß es der armen Marianna gelungen sei, welcher er doch am übelsten mitgespielt hat?

Ich kenne die Geschichte nicht genau, sagte die Gräfin.

Nun, so will ich sie Ihnen ganz genau erzählen. Die arme Marianna war die erste Hauswirthin dieses Ungeheuers, als er hierher kam, denn damals hatte er gar kein Geld und konnte nicht den großen Palast am Kanal miethen, sondern mußte mit seinen Hunden, Katzen, Vögeln, Banditen und dem großen Affen, in welchem der Dämon steckt, bescheiden im Bohnenviertel wohnen, wo er auch eigentlich hingehört. Wenn nun der Gatte Marianna's in seinem Laden stand und Reis oder Tabak verkaufte, war sie bei ihm im Loggiamento und er ließ den großen Affen Verse an sie machen, worauf sie sehr eitel war. Was will das heißen, Verse? Verse kann jeder machen! Unsere ganze Sprache ist ein Gedicht und Reime macht jeder Schuhputzer auf die Fußknöchel seiner Geliebten.

Aber, wandte Teresa ein, so schöne Reime, wie der Signore Inglese, kann doch nicht jeder machen.

O, Sie haben wohl auch schon etwas von dem großen Affen erhalten! rief die Signora boshaft; dann ist es freilich verzeihlich, wenn Sie seine Poesien vortrefflicher als die Rime del Petrarca finden. Aber hören Sie weiter! Er ging Abends mit ihr in die Theater oder auf den Ridotto oder lungerte mit ihr in der Gondel auf allem Wasser in der ganzen Welt herum. Eines Tages bekomnt der holde Ritter ein Billet, worin ihn eine Unbekannte um seine Bekanntschaft bittet und ersucht entweder am Abend — es war gerade im Carneval — zu einer bestimmten Stunde auf dem Ridotto, oder zwischen neun und zehn allein in seiner Wohnung zu sein. Er zieht natürlich das letztere vor, und um die bestimmte Stunde tritt ein schönes, blondes Mädchen, zitternd und verwirrt, bei ihm ein. Ehe es aber zu Erklärungen kommen kann, stürzt Marianna, welche das Rendezvous entdeckt hatte, herein, reißt das Mädchen herum und schreit: He, Bianca! meine Schwägerin, unartiges Kind! was gibt es hier für Dich zu thun? Schäme dich, als ein Mädchen dich in die Angelegenheiten der Männer und Frauen zu mischen! Auf der Stelle trolle dich ab und fliege nach Hause, sonst wirst

3*

du empfinden, was Marianna's Arm und Zunge vermag!

Der pathetische Vortrag der Erzählerin wurde hier durch ein herzliches Gelächter der beiden anderen Damen über die Drolligkeit der geschilderten Situation unterbrochen. Unbeirrt fuhr Jene fort:

In Bianca erwachte das Blut der Venetianer; sie rüstete sich zum Widerstand, und es würde zu einem Kampf gekommen sein, wobei sich der Lord anschickte, den sehr ergötzten Zuschauer zu spielen, wenn nicht Marianna's Gatte, durch das Geschrei herbeigerufen, eingetreten wäre, seine Schwester in Schutz genommen und endlich fortgeführt hätte, wodurch denn das Feld für den Lord und Marianna frei blieb. Die Sache soll ihn aber so geärgert haben, daß er von ihr, vom nächsten Tage an, nichts mehr wissen wollte; er zog alsbald aus und in den Palast, wo er dann die Margarita oder Fornarina, wie man sie nennt, sogleich zu seiner Palastdame ernannte, bis er sie müde war und durch Tita in den Kanal werfen ließ.

Letzteres ist mehr als zweifelhaft, wandte die Gräfin ein.

Und, setzte Teresa mit leichtem Spott hinzu, das Glück begünstigte den Verbrecher auch noch soweit, daß er damals gerade das Geld erhielt, um den Palast miethen zu können.

Wer weiß, ob dort jemals ein Scudo bezahlt worden ist, sagte Signora Mammoni unerschütterlich, und daß die Fornarina in dem Kanal gelegen hat, kann ich beschwören.

Das bezweifelt auch Niemand und ebensowenig, daß sie selbst hineingesprungen ist, als der Lord sie wegen ihres unpassenden Betragens aus dem Hause wies — das ist das Kurze und Lange von der Sache.

Und ist sie ertrunken, fragte Teresa?

Bewahre, antwortete die Gräfin, Mylord ließ sie wieder aus dem Wasser ziehen, und damit schien sich ihre Liebesfurie abgekühlt zu haben, denn seither hat sie ihn nicht weiter belästigt. Er entließ sie in Folge der Attaque, deren sie sich gegen mich auf dem Maskenball schuldig machte, setzte sie mit Befriedigung hinzu; sie wollte im Hause Niemandem mehr gehorchen als ihm. Als er ihr gebot, den Palast zu verlassen, glaubte sie anfänglich, er scherze, dann aber — es war gerade bei Tische — ergriff sie ein Messer und drohte, sich zu erstechen. Als der Lord ganz kalt darauf sagte, das sei ihre eigene Angelegenheit, in welche er sich nicht mischen werde, fuhr sie mit dem Messer, statt auf sich auf ihn, verwundete ihn an der Hand und dann sprang sie in den Kanal.

Teresa staunte ob solchen Geschichten, welche ihr die Wirklichkeit des Lebens vor Augen brachten, ganz au-

vers, als die seitherige Klosterschülerin es sich gedacht
hatte. Was ihr aber in einem gewöhnlichen Fall Abneigung erregt haben würde, rief hier Mitleid und die
Frage in ihr wach, ob ein so vielfach begabtes Dichter-
gemüth nicht von seinen Abwegen zurückgebracht werden
könne, und die Signora Mammoni hatte sehr falsch
gerechnet, wenn sie glaubte, eine etwaige Sympathie der
Gräfin für den Dichter durch ihre übertriebenen Be-
richte verbannen zu können. Der Lord besuchte sie fast
täglich in dem Palast, welchen Graf Guiccioli am großen Kanal gemiethet hatte, aber mehr als bloße Freundschaft bei dessen schöner Inhaberin zu finden, wollte ihm
nicht gelingen.

Als Shelley eines Tages von einem Ausflug nach
Hause kam, rief ihm Byron entgegen: Nun, was sagen
Sie dazu? In einigen Tagen reise ich nach England!

Nach England? wiederholte Shelley erstaunt.

Ja, ich habe Briefe von Moore und Murray bekommen, eine Versöhnung mit meiner Frau soll statt-
finden. Unser Freund Hoppner hat die hauptsächlichste
Vermittlerrolle dabei gespielt. Ich habe schon die nö-
thigsten Befehle zur Abreise gegeben.

Und Sie können die schöne Gräfin verlassen?

O, sie wird sich trösten! Wissen Sie was, treten
Sie, trotz Ihrer seitherigen Sprödigkeit, an meine Stelle!
Sie mag Sie leiden, das weiß ich gewiß. Sie sagte

neulich: was hat Ihr Freund eine hohe, weiße Stirne, große dunkle Augen unter weitgeschweiften Brauen, wie steht ihm die freie Art, wie er sich trägt, so gut! Das ist deutsche Räubermode, versetzte ich.

Gordon! unterbrach Shelley, scherzen Sie sich nicht mit Gewalt in einen Humor hinein, welcher Ihnen an dieser Stelle gefährlich werden könnte. Ich weiß, Sie denken nicht so, wie Sie sprechen.

Der Lord wollte auffahren.

Sie denken nicht so, wie Sie sprechen. Eine augenblickliche Laune fährt Ihnen durch den Sinn, Sie malen sich Ihre Idee mit den schönsten Farben aus, verfolgen sie mit Leidenschaft, und wenn Sie in die Wirklichkeit treten, steht sie Ihnen kalt und schroff entgegen, und Sie sind der erste, der seinen Freunden zürnt, daß sie ihm nicht entschiedener von allzuraschen Entschlüssen abgerathen haben.

Nach einer Pause versetzte Byron: Sie haben vielleicht Recht, Percy, ich danke Ihnen, vergeben Sie mir meine Heftigkeit; ich habe aber mein Wort gegeben und muß abreisen, wenn übermorgen um ein Uhr alles zur Reise bereit ist.

Also übermorgen!

Was sagen Sie zu einem Spazierritt auf dem Lido?

Unsere gewöhnliche Abendbeschäftigung. Ich bin bereit.

Der Lido ist einer der schmalen Landstreifen, welche
die Lagunen, in deren Mitte Venedig liegt, von dem
offenen Meer trennen, und zwar der mittlere. Die
Eingänge aus dem Meer in die Lagunen sind zwischen
diesen Landstreifen durch Forts, wie das bekannte Pa-
lestrina, vertheidigt; auf dem Lido selbst lagen damals
zwei alte, halb verfallene Castelle, die Forts Mala-
mocco und St. Nicolo,. letzteres mit einer sehr alten, in
ihren Anfängen wahrscheinlich byzantinischen Kirche.
Von einer Bebauung dieses unbedeutenden, stellenweise
nur einen Damm vorstellenden Erdstrichs konnte natürlich nicht die Rede sein, dagegen diente er bei schönem
Wetter den Venetianern als beliebter Spaziergang, von
welchem aus sie sowohl die Wellen des raucus Hadria
beobachten, als auch die Sonne hinter den vielfachen
Thürmen und Kuppeln ihrer prächtigen Stadt untergehen sehen konnten. An der Einfahrt bei San Nicolo legte die Gondel, welche die beiden Freunde übersetzte, an; dort hatte Byron in dem Fort einen Stall
für seine Pferde gemiethet und ergötzte die Venetianer
durch das ihnen neue Schauspiel einer hohen Reitkunst,
wenn er fast jeden Abend einigemal den Lido entlang
hin- und hersprengte. Bei diesen Ritten wurde er,
wenn von Freunden begleitet, ungemein mittheilsam,
er ließ sein Pferd im Schritt gehen und ergoß sich in
Erinnerungen an seine Schicksale in England. Als die

Freunde jetzt nebeneinander hinritten, brachte Shelley das Gespräch wieder auf die beabsichtigte Rückkehr nach England.

Bedenken Sie, sagte er, was Sie Ihren Landsleuten geworden sind, und was diese Ihnen! Sie fliehen sie ja selbst in der Fremde! Ich weiß freilich, daß sich die Engländer Ihnen verhaßt gemacht haben; ich weiß, daß, als Sie auf der Villa Diodati wohnten, man Sie über den Genfer See herüber mit Fernröhren beobachtete und die abenteuerlichsten Geschichten von Ihnen erzählte; ich weiß, daß man in Venedig um jeden Preis Ihre Bekanntschaft zu machen suchte, um dann, darauf gestützt, die albernsten Fabeln über Sie in Umlauf zu bringen. Sie haben daraufhin jeden Verkehr mit Ihren Landsleuten abgebrochen, Sie nehmen keine Besuche zu Hause und keine Vorstellungen in der Gesellschaft an — und nun wollen Sie England zurückkehren!

Ich weiß das alles, lieber Shelley, allein ich bin auch meiner Tochter Ada eine Rücksicht schuldig und Lady Noël ist so schlimm nicht, als man sie gemacht hat. Sie hat etwas von einem Blaustrumpf, ist sehr anspruchsvoll und empfindsam, aber sonst eine vortreffliche Seele, und ich habe mich, außer vielleicht einmal im Affect, nie nachtheilig über sie geäußert. Ihre Mutter aber, die ist der wahre Drache, ein schändliches Weib; sie hat alles Unheil angestiftet. Sie haßt mich mit

Energie und Consequenz. Ich speiste einmal mit Lady
Noël bei ihren Eltern zu Mittag und biß mir an einem
Fasanenflügel einen Zahn aus. Ich verzog das Gesicht vor Schmerz, meine Schwiegermutter fragte mich,
ob ich mir wehe gethan habe, ich bejahte es und sie
versetzte: Das freut mich! Ich schluckte aber meinen Zahn
mit einem Stück Fasanenfleisch hinunter, damit sie wenigstens nicht merken solle, ich sei um einen Zahn älter
geworden.

Sie waren jetzt, vom nördlichen Ende des Lido herab-
reitend, am südlichen Ende bei Malamocca angekommen
und wendeten die Pferde. Jetzt ritten sie in starkem
Trab und schweigend einmal auf und nieder.

Sie würden, begann Byron, als sie, wieder um-
kehrend, die Pferde in Schritt fallen ließen, Ihren Geist
der Einsamkeit, Ihren Alastor, nicht geschrieben haben,
wenn unsere Landsleute Sie nicht gelehrt hätten, was
Einsamkeit ist!

Durch Leid wir lernen, was im Sang wir lehren,
versetzte der andere. Auch Ihr Leben spiegelt sich in
Ihren Werken.

Ein schlechtes Compliment! ·

Lassen Sie sich's nicht verdrießen, Gordon, und
belehren Sie sich zu meiner Philosophie, daß alles in

der Welt ist, wie es ist, und nicht, wie uns Narren
und Gaukler zwingen möchten, es anzusehen.

Sie schauen blos, ohne zu fühlen!

Ich fühle auch, dann aber nicht für mich. Hören
Sie, welcher Gedanke sich mir nach der neulichen Nacht-
fahrt bei Betrachtung des jetzigen Schicksals der Völker
in die Feder gedrängt hat!

Byron hielt sein Pferd an und wandte sich nach
seinem Freunde, welcher auf der Seite des Meeres dicht
am Wasser hinritt. Ebenfalls still haltend und die
rechte Hand erhebend, declamirte dieser mit seiner klang-
reichen Stimme:

> Ernten muß man, was man sät,
> Auf Gewalt Gewalt folgt stät,
> Oder Schlimmres, doch betrüben
> Muß es, daß Vernunft und Lieben
> Nicht des Herrschers Wuth und nicht
> Seines Sclaven Rache bricht.

In diesem Augenblick trat die sinkende Sonne unter
einer Wolke über den Thürmen der Stadt hervor und
warf einen rothen Glanz auf das bleiche Gesicht des
Reiters, dessen Schatten weit in das schäumende, grüne
Meer hinausfiel.

Byron reichte ihm vom Pferd die Hand herüber.

Sie sind der Rousseau Englands, sagte er; Sie
sind ein Opfer Ihrer reinsten, besten Ueberzeugung,
während ich zumeist nur die Folgen meines Tempera-

ments und meines Eigenwillens trage. Doch es wird
spät, lassen Sie uns nach unserer Gondel sehen.

Sie waren jetzt in langsamem Trab bis nahe an
das Fort San Nicolo gelangt, als Byron seinem Freunde
zurief: Schnell, schnell! Eilen Sie! und zugleich sein
Pferd in Galopp setzte.

Rasch flogen die beiden Rosse dahin in gefährlichem
Ritt über die Gräber und Steine des Kirchhofs von
San Nicolo, welcher sich hier ansrehnte. An der Gondel angelangt, wurden die Pferde einem wartenden Diener übergeben, der Lord sprang schnell in die Gondel,
zog, als Shelley ihm gefolgt war, die Vorhänge zu und
ließ abstoßen.

Nun, welchen Grund hatten Sie denn für solche
Eile? fragte Shelley.

Das will ich Ihnen sagen, versetzte der Lord mit
launigem Lächeln; sahen Sie nicht auf dem gegenüber-
liegenden Landstrich einige Leute sehr schnell nach der
Einfahrt hinlaufen?

Allerdings, und —

Und das waren Engländer, welche, wie ich von
Tita hörte, schon lange einer Gelegenheit nachstreben,
mich einmal recht in der Nähe zu sehen, um nachher
ihren Klatsch über mich machen zu können. Deswegen
hatten sie sich dort eingefunden. Den Spaß habe ich

ihnen aber verdorben, nicht wahr? Sie sind zu spät
gekommen.

Ja wohl, mit Gefahr unserer Hälse, abgesehen von
den kostbaren Pferden. Ich bin in meinem Leben noch
nicht über ein so gefährliches Terrain galoppirt.

Ich auch noch nicht, lachte der Lord, der über
dies spaßhafte Abenteuer voll der besten Laune geworden war; diesmal war es aber der Mühe werth.
Ja, unsere Landsleute sind kuriose Christen. Auf dem
vorjährigen Carneval traf ich, gleichgültig wo, mit Einem zusammen, welcher mich nicht kannte und erzählte,
er habe vor acht Tagen den famosen Lord Byron in
Neapel getroffen und sei von ihm zu Tisch geladen gewesen, aber nicht hingegangen, weil er nichts mit ihm
zu thun haben wolle, denn es werde ihm schaden, wenn
das in England bekannt würde. Ich zweifelte einen
Augenblick, ob ich dem Pinsel nicht meine Pistolen an-
bieten solle, unterließ es aber in dem Gedanken, daß er
dann doch wirklich meine Bekanntschaft gemacht haben
würde.

Darüber, versetzte Shelley lachend, fällt mir die
Naivetät eines Italieners ein, mit welchem ich neulich
im Apollotheater in einem radgebrochenen Französisch
conversirte. Er gab sich für einen großen Kenner und
Liebhaber, wie seiner eigenen, so auch der englischen Literatur aus und äußerte namentlich große Bewunderung

für Sie. Als ich ihn fragte, was von Ihren Werken ihm am besten gefalle, versetzte er, das verlorene Paradies dürfte doch wohl das beste von den Originalien sein, während ihm von Ihren Uebersetzungen aus dem Italienischen das befreite Jerusalem am meisten zusage.

Shelley sah bei diesen Worten zufällig zur Gondel hinaus und nach der Stadt hinüber.

Welch herrlicher Anblick! rief er aus.

Ein leichter Sturmregen war kurz vor Sonnenuntergang von Westen über die Stadt heraufgezogen und strich nun über die Lagunen, deren seichte und engumzirkte Wellen, nur leicht erregt, die Gondel schwach schaukelten. Bald verschwand in dem nebelartigen Regen die Stadt ganz, bald schien sie, die Thürme am Markusplatz, die stolzen Kuppen von St. Giorgio und della Salute und die düstere Dogana am Abendhimmel scharf abgeschnitten, wie aus einem Schleier märchenhaft dahinter hervor, so daß sich Shelley des mehrfachen Rufes: „Herrlich! herrlich!" nicht enthalten konnte, während Byron, welchem dies reizende Schauspiel nicht so neu war, kälter blieb.

Im Augenblick, als die Gondel die Lagune ganz überschritten hatte, hörte der Regen auf, und die Sonne blitzte, dicht über dem Wasser stehend, noch einen vollen

Scheidegruß über den breiten Giudeccakanal herüber.
Begeistert rief Shelley aus:

> Die Sonn' entsteigt dem Meer, und gleicht
> Der Freiheit, die auf Gedanken fleucht!

Allein die Sonne entstieg dem Meer nicht, sondern
sie versank darin, und ein trübes Zwielicht breitete sich
über die Dogenstadt.

Der Tag der Abreise war herangekommen, allein
Niemand wollte recht daran glauben. Byron selbst ver-
mied es, davon zu sprechen, er hatte bei Keinem seiner
Bekannten Abschiedsbesuche gemacht und Teresen seit
dem vorerwähnten Ritt mit Shelley auf dem Lido nicht
gesehen. In den uns bekannten geselligen Kreisen sprach
man wohl von einer Reise, welche der Lord beabsichtigte;
allein man wußte, bei der Discretion seiner Freunde
Shelley und Hoppner, der einzigen, denen er sein Pro-
ject mitgetheilt, nicht wohin? Diese letzteren waren jetzt
bei ihm.

Von der Dienerschaft schien Niemand rechte Freude
an der Sache zu haben, am wenigsten Tita, welcher indessen seinem Herrn bis ans Ende der Welt gefolgt
wäre. Die Vorbereitungen gingen schleppend vor sich,
es währte lange, bis das viele Gethier, welches der
Lord mit sich führte, eingefangen, eingesperrt und die
Palaststufen hinabgetragen war, und am Ende wäre

wohl alles liegen geblieben, wenn nicht Einer alle Andern durch Bitten, Drohen und Befehlen angetrieben
hätte. Es war dies ein bejahrter Mann mit einem
ächt englischen Gesicht und, was sich auf Deutsch nicht
gut ausdrücken läßt „a very gentleman-like beha-
viour", trotzdem aber doch nur der treue Kammerdiener
des Lords, John Fletcher. Sein Begleiter auf den ersten jugendlichen Ausflügen nach Portugal, Spanien,
Griechenland und Kleinasien, war er seinem Herrn auch
auf der zweiten, ernsteren Reise durch Belgien, das
Rheinland und die Schweiz nach Italien gefolgt. Er
war in einer gewissen Art sein guter Genius, indem
er, in allem seinem Thun und Denken den common
sense des Engländers darstellend, seinen Herrn von jeder kleinen oder großen Excentricität mit gleicher Aengst-
lichkeit um die Wahrung des Anstandes zurückzuhalten
suchte. Vor allen Dingen lag er ihm aber damals um
zwei Dinge an, um Ablegung des Schnurrbarts nämlich, an welchen sich Fletcher, da der Lord „no military
man" sei, unmöglich gewöhnen konnte, und um die Rückkehr aus dem verwünschten Land Italien, in welchem
er den Grund aller Uebel sah. Gegen den Schnurr-
bart, welchen Byron seit seinem Aufenthalt in Venedig
trug, hatten alle Erinnerungen des treuen Gefährten
nichts vermocht; er hoffte aber jetzt, nachdem der zweite,
wichtigere Punkt erreicht schien, jenen verhaßten Feind

um fo fidjerer in England fallen ju fehen; bod) er follte fidj in beibem bitter getäufdjt finben.

Die Glocke fdjlug ein Uhr, unb Byron fdjritt, von Shelley unb Hoppner begleitet, bie Treppe herunter, inbem er zu Erfterem, welcher ihn nochmals von ber Abreife abzumahnen fudjte, fagte: Ich habe Herrn Hoppner mein Wort gegeben, heute um ein Uhr abzureifen, wenn alles fertig ift; idj muß es halten. Fletdjer, ift alles fertig?

Ja wohl, Mylorb!

Wo finb meine Piftolen?

Hier bringt fie Jacopo bie Treppe herunter.

Sinb fie gelaben?

Paufe.

Sinb fie gelaben?

Fletdjer bebte an allen Gliebern. Das hatte er, in feiner übertriebenen Sorgfamteit für alles, rein vergeffen.

Nei... neia, Mylorb! ftotterte er.

Herr Hoppner, fagte ber Dichter mit einer Verbeugung gegen ben Conful, Sie fehen, idj habe mein Wort gelöft, es ift nidjt alles fertig! Bin idj meines Verfprechens entbunben?

Sie finb es, Mylorb, verfehte ber Gefragte.

Ausgepackt! rief Byron ben Bebienten zu. Sieh zu, Fletdjer, baß alles in ber Orbnung geht!

Meine Herren! ich hoffe, Sie schenken diesen Tag
mir, nicht wahr? Erst eine Spazierfahrt nach Chioggia,
der Tag ist so schön — wahres Reisewetter, nicht
wahr, Fletcher? — dann diniren wir! Tita, die Gonbel! Fletcher, das Diner um sieben Uhr für drei Per-
sonen!

Bei guter Laune konnte der Lord eine Liebenswür-
bigkeit entwickeln, welche auf seine Umgebung fast be-
rauschend wirkte. Dies war auch heute bei der Spazierfahrt und mehr noch bei dem darauffolgenden Diner
der Fall, bei welchem alle Betrübniß in dem aufwartenden Fletcher allein concentrirt schien.

Was wird der kleine Tom, rief Byron im Laufe
des Gesprächs aus, für Augen machen, wenn er
hört, daß es mit meinem Kommen nun doch wieder
nichts ist!

Warum nennen Sie Herrn Moore denn immer den
kleinen Tom, Mylord? fragte Hoppner.

Das will ich Ihnen sagen: Thomas Moore, der
große irische Anakreon, war noch sehr klein und jung,
als er mit seinen, etwas stark nach dem Heidenthum
schmeckenden Liedern seine literarische Laufbahn begann.
Er machte großes Aufsehen und wurde in London in
alle Reunions des high life gezogen. Bei einer solchen
ward ihm einst die Ehre, gegen den Schluß des Diners
die Damen upstairs geleiten zu dürfen. Ein anwesen-

der Franzose, welcher ihm wahrscheinlich um diese Ehre
und seine sonstigen Auszeichnungen beneidete, rief aus:
Voilà le petit bon homme qui s'en va! Dieser petit
bon homme hat Glück gemacht, er ist an ihm hängen
geblieben, und Moore pflegte sich selbst Thomas Little
zu nennen, welchen Namen er auch einer Ausgabe, seiner
Gedichte beisetzte. Irre ich nicht, so gab er sich auf
jenem Titelblatt auch gar für todt aus, was in dem
grünen Erin ein ossianisches Heulen und Wehklagen
veranlaßte.

Ja, er ist ein Schalk, meinte Shelley, weiß sich
aber immer so zu geberden, daß sich der englische Zopf-
philister ganz gut mit ihm verträgt, während wir beide
schon lange die bugbears geworden sind, mit welchen er
an seinen langweiligen Sonntagen zum Zeitvertreib seine
Kinder erschreckt.

Nein, sagte Byron, er hat wirklich sein Theil
common sense, er ist Fletcher ins Poetische übersetzt, —
Fletcher! wenn Thomas Moore jetzt bald auf Besuch
zu mir kommt, wird er dich ohne Zweifel mit einer der
ungeladenen Pistolen erschießen! — allein er hilft sich
mit seinem irischen Leichtsinn oft genug darüber hinaus.
Sie, Percy! oder ich, hätten eins seiner Liebes- oder
Trinklieder schreiben sollen, was würden sie uns in
Edinburgh oder bei Blackwood für eine Zeche gemacht
haben! — aber wirklich, ich kann nicht anders, ich muß

4 *

einen Trinkspruch auf ihn ausbringen, der mir eben in
den Sinn kommt und den ich an die Spitze meines
nächsten Briefes an ihn stellen werde.

Der Dichter erhob sich, mit dem frischgefüllten Glas
in der Hand, und begann:

> Was wohl vollbringst du nun?
> O Thomas Moore!
> Was wohl vollbringst du nun?
> O Thomas Moore!
> Buhlst oder singst du nun?
> Girrst oder klingst du nun?
> Frei'st oder trinkst du nun?
> O Thomas Moore!

Er leerte sein Glas und fuhr dann, den Abwesenden
apostrophirend, fort: Du mußt mich entschuldigen, theurer Thomas, daß ich nicht zu dir komme in unser neb-
liges, gin and water-volles merry old England, allein
der Carneval kommt in Venedig, und ich muß hier
bleiben:

> Jetzt kommt der Carneval,
> O Thomas Moore!
> Jetzt kommt der Carneval,
> O Thomas Moore!
> Mit Tanz und Maskeraden,
> Musik und Serenaden ·
> Und allen lust'gen Thaten,
> O Thomas Moore!

Shelley und Hoppner klatschten der Improvisation
Beifall.

Nun, sagte der Consul, indem Fletcher sein Glas füllte und er aufstand; lassen Sie auch mich für Jemand in der Heimath trinken! — Ihre Frau, Mylord! Lady Noël!

Aus vollem Herzen! rief der Dichter. Besonders, setzte er mit Humor hinzu, da wir heute das Fest meines Hierbleibens feiern. Sind wir nicht im Januar? ja doch! der Januar ist mein Unglücksmonat! Im Januar bin ich geboren, im Januar habe ich geheirathet, im Januar ging meine Frau von mir. Ich will Ihnen doch etwas zeigen, meine Herren!

Er ging in das anstoßende Zimmer, welches seine Bibliothek enthielt, und kehrte gleich darauf mit einem Schriftstück in der Hand zurück.

Sehen Sie her, dies ist meine Scheidungsurkunde, ausgestellt im April 1816!

Shelley nahm das Papier und las folgenden Vers ab, welcher unter dem Datum der Heirath und dem der Scheidung, gerade ein Jahr später, von des Dichters Hand geschrieben stand:

Vor einem Jahr schwor sie mir zu, die Holde,
Daß sie mich ewig lieben, ehren wollte.
So war der Schwur, den that sie mir,
Und was er werth ist, das steht hier!

Und gleich darunter folgte, ebenfalls unter dem Datum der Scheidung, der Vers:

Das Schlimmste kam in diesen Jahren
Für dich und mich herbei:
Zwei Jahre sind's, daß eins wir waren,
Und eines, seit wir zwei.

Glaubten Sie denn wirklich, nahm Shelley das Wort, daß eine Aussöhnung mit Lady Byron möglich sei?

Gewiß! da alles nur auf einem Mißverständniß und den Machinationen des alten Dämon beruhte. Hören Sie, wie es zuging! Kurz nach meiner Verheirathung, bei welcher sich schon mehre schlimme Omina gezeigt hatten, kam ich in bringende Geldverlegenheiten, man exequirte mich, die nothwendigsten Lebensbedürfnisse wurden uns pfandweise entführt, und daß dies für eine junge, in den angenehmsten Verhältnissen erzogene Frau nicht geeignet ist, eine freudige Stimmung hervorzurufen, werden Sie begreifen. Lady Noël hat aber einen schönen Charakter und Richardson'sche Sentiments die Menge, und so wußte sie alles mit dem nöthigen Anstand zu ertragen, nur erwartete sie, freilich vergeblich, daß ich zuweilen die Rolle eines betrübten Familienvaters spielen würde. Statt dessen wurde ich aber entweder wüthend, schlug dann gewöhnlich eins der wenigen, noch übriggebliebenen Hausgeräthe entzwei und schloß mich ein, oder ich lachte und machte in tollem Humor allerlei Streiche, über welche sie dann zu weinen pflegte.

Hoppner stieß einen Seufzer aus.

Ja, hier war die Schuld auf meiner Seite, allein grade das that nichts. Dagegen folgendes that: Sie wissen doch, daß ich damals viel mit dem Drurylane= theater beschäftigt war, Prologe schrieb, Stücke einstu= diren ließ und dergleichen. Das war der Lady Noël nicht recht, sie hatte eine angeborne Abneigung gegen alles Komödianten= und Schnurrantenwesen, obwohl ich ihr oft vorstellte, daß schon unsere jungfräuliche Königin Beß den Umgang mit denselben durch ihr hohes Bei= spiel geheiligt habe. Frauen durch Gründe überzeugen wollen, heißt, wie Sie wissen, meine Herren, das Meer salzen. Entweder sie wollen oder sie wollen nicht, Basta! Sie wollte eben nicht, und als mir nun gar die Schau= spielerinnen, weil ich etwas zu sagen hatte, nach und ins Haus liefen, gab's alle Tage Scenen aus der Wi= derspänstigen. Ich behauptete, es gehöre zur Sache, sie, es sei Liebhaberei, wir wurden nicht einig. Eines Vor= mittags nun war eine der Heldinnen unserer Bühne ziemlich lange bei mir, um sich meine Ansicht über eine neue Rolle zu erholen, die ich ihr natürlich mit Ver= gnügen mittheilte. Lady Noël war mit solchen Vor= gängen nicht sehr zufrieden. Als die Dame weggehen sollte, regnete es, und ich wollte meinen Wagen für sie vorfahren lassen. Diesen hatte nun gerade an diesem Morgen das Geschick so vieler anderer Theile meines

Mobiliarvermögens betroffen, und so rief ich denn nach
dem Wagen meiner Frau. Letztere aber gibt dem Bedienten, so daß man es in meinem Zimmer hören
konnte, den ausdrücklichen Befehl, ihr Wagen bleibe
in der Remise!

Und so ließen Sie die Schauspielerin im Regen
nach Hause gehen!

Bewahre! Ich sagte: Dann wird Mistreß S. ganz
einfach bei uns bleiben, und da es gerade Zeit zum
Diner war, so gab ich ihr den Arm und führte sie in
das Speisezimmer hinüber. Lady Noël aber, welche
sich dort befand, ging sogleich ohne Gruß und in hohem
Affect aus der Thüre, welche sie mit Macht hinter sich
zuschlug, und so war ich denn genöthigt, mit der Schauspielerin allein zu speisen. Auf welche Weise sie endlich fortgekommen ist, weiß ich in der That nicht mehr,
allein wie ich nachher in tiefen Gedanken an dem Ka-
min stehe, kommt Lady Noël zu mir und fragt mich:
— wie ich später hörte — Byron, bin ich dir im Wege?
Ich, wie immer heftig, wenn ich aus meinen Gedanken
gerissen werde, rufe, ohne zu wissen, was ich sage: Ja,
ganz verdammt! Sie geht sogleich aus dem Zimmer,
bald darauf höre ich einen Wagen wegfahren, und seit
der Zeit habe ich sie nicht wieder gesehen; sie war zu
ihren Eltern zurückgekehrt.

Und dies war der Grund der Scheidung?

Nicht so ganz, es war noch mehr dabei, mein Geld-
mangel, und — und noch etwas, wovon ich hier nicht
reden werde. Genug, es war schändlich!

Und wird man den Grund nicht erfahren?

Man wird! Ich bin damit beschäftigt, meine Me-
moiren zu schreiben, welche alle Aufschlüsse über die bis
jetzt unbekannten Details meines Lebens enthalten sollen.
Ich werde sie einem meiner Freunde übergeben mit der
Bestimmung, sie erst nach meinem Tode zu veröffent-
lichen. Dann aber, dann wird man klar sehen in der
Sache!

Sagte man damals nicht, fragte Hoppner schüch-
tern, Sie seien mit Waffen auf Ihre Gemahlin los-
gegangen?

Allerdings sagte man das, allein ich brauche Ihnen
nicht zu sagen, daß es eine infame Lüge ist. Wenn
ich in großen Zorn gerathe, was damals oft der Fall
war, pflege ich das erste Beste, was ich bei der Hand
habe, zu zerbrechen, z. B. eine Flasche in einen Spiegel
zu werfen, und so gerieth ich auch einmal bei Tisch in
Wuth, griff nach einer meiner Terzerolen und schoß damit in einen großen Lüftre, der an der Decke hing.
Lady Noël wurde vor Schrecken ohnmächtig, das war
alles.

Hoppner schüttelte immer noch bedenklich den Kopf.

Genug davon, meine Herren! rief der Lord. Wo

bleibt Ihr Toast, Percy? Beim Champagner müssen
Sie ihn ausbringen, der leicht und frei wie Ihre Poesie
emporsteigt.

Mein Toast, erwiderte Shelley ernst, kann der Erheiterung durch den Champagner bedürfen, aber seine
Worte mögen nicht so verfliegen wie der Schaum dieses
Glases! Mein Toast gilt: einem glücklichen Wiedersehen!

Percy! was ist das? rief Byron aufstehend. Sie
wollen doch nicht abreisen, jetzt da ich bleibe und Sie
erst recht haben kann!

Ich werde wohl müssen, versetzte Shelley, einen
Brief vorzeigend, um Mary rechtzeitig in Livorno zu
empfangen. Sie ist schon auf der Reise.

Dann müssen Sie freilich gehen! Ich hatte nicht
gedacht, daß uns der heutige vergnügte Tag noch die
Kunde einer so schmerzlichen Trennung bringen würde.
Diesen Toast konnten Sie freilich nicht in Reime bringen. Aber um eins bitte ich Sie, Percy, schenken Sie
uns beim Champagner eins Ihrer liebenswürdigen, leichten Liebeslieder, deren sie gewiß mehrere in Vorrath
haben. Ich habe Sie in den letzten Tagen thätig gesehen.

Shelley ließ sich nicht lange bitten, sondern erhob
sich und sprach: Da Sie mich immer einen Philo-
sophen zu nennen belieben, Byron, so will ich Ihnen jetzt

ein dem Anakreon nachgeahmtes Gedicht geben, welches
ich Liebesphilosophie genannt habe.

> Die Quelle mischt sich mit dem Fluß,
> Der Fluß sich mit dem Meer,
> Die Winde gehn in ew'gem Guß
> Froh durcheinander her.

> Nichts ist auf dieser Welt allein,
> Ein göttlich Wort gibt hier
> Das Eine stets ins Andre ein;
> Warum nicht dich zu mir?

> . Den Himmel küßt der Berge Spitze,
> Stets mischen sich die Wogen,
> Die Blume fühlt auf ihrem Sitze
> Zur Schwester sich gezogen.

> Die Erde küßt der Sonnenstrahl,
> Das Meer küßt Luna's Licht —
> Allein was wär' dies Küssen all,
> Umarmtest du mich nicht?

Mary wird sich freuen, lächelte Byron, und der
kleine Tom wird neidisch werden, wenn er die nächste
Ausgabe Ihrer Gedichte sieht.

Ich habe Ihre Bitte erfüllt, sagte Shelley, er-
füllen Sie mir nun auch eine, welche ich Ihnen vor-
bringen werde!

Jede! rief Byron.

Es handelt sich nur um ein Versprechen. Ich weiß,
mit Bestimmtheit weiß ich es, daß ich vor Ihnen sterben werde. Mein Leib soll aber nicht kalt und todt in '

der Erde liegen, sondern jedem Theile der Natur die
Stoffe wiedergeben, die er ihnen entliehen hat, und
darum bitte ich Sie, Gordon, versprechen Sie mir, daß
Sie, ist es Ihnen möglich, meine Leiche verbrennen
wollen!

Percy! was fällt Ihnen ein? Sie, ein Jüngling
in der Blüthe seiner Kraft, ich ein Mann, der mit drei-
unddreißig abgelebt und alt ist! Sie werden mich begraben helfen!

Wollen Sie mir das Versprechen leisten? wollen
Sie?

Ich verspreche es Ihnen!

Herr Hoppner ist Zeuge, daß ich den Wunsch geäußert und Sie seine Erfüllung zugesagt haben. Und
noch etwas: Meine Asche füllen Sie in eine Vase und
setzen Sie dieselbe in der ewigen Stadt bei, in der
Heimath Ihres und meines Herzens!

V.

Am folgenden Tag war durch das Gerede der Dienerschaft die beabsichtigte Abreise des Lords und ihre Verhinderung in ganz Venedig bekannt und erregte in den Kreisen, in welchen sich der Dichter bewegte, nicht geringe Verwunderung. Man begriff nicht, daß der Cavalier der jungen, schönen Gräfin ohne eine herzbrechende und halb öffentliche Abschiedsscene habe abreisen wollen; seine Freunde aber zogen daraus den Schluß, er müsse demnach doch in England nicht, wie fast allgemein versichert wurde, mit drei Frauen zugleich verheirathet und deßhalb gerichtlich verfolgt sein.

Das alles beweist soviel als gar nichts, rief seine offne Feindin in einer Abendgesellschaft der Signora Benzoni einer derartigen Behauptung entgegen; ich sehe darin bloß eine Komödie, die er hat aufführen wollen, um sich weiß zu brennen; es war nie seine Absicht, nach England zurückzukehren. Es ist bald Carneval, er hat eine Faschingsposse gemacht und lacht jetzt die Vene-

tianer aus, daß sie sich in den April haben schicken
lassen!

Sie hören doch, wandte die Benzoni ein, daß er
Herrn Hoppner sein Wort gegeben hatte, abzureisen.

Wenn nichts in den Weg komme! Ist das was in
den Weg gekommen, wenn ein paar Pistolen zufällig
nicht geladen sind?

Das ist nichts, durchaus nichts, bekräftigte die Baronin Ruspeni.

Die Thür öffnete sich und Graf Guiccioli trat ein.
An andern Orten wäre dies wohl ein Grund gewesen,
die Unterhaltung zu wechseln, hier nicht.

Ah! Graf Guiccioli! rief die Herrin des Hauses.
Willkommen! Setzen Sie sich zu uns und entfliehen
Sie uns nicht wie gewöhnlich an Ihren Spieltisch! Es
war eben die Rede von der beabsichtigten Abreise Mylords nach England, Ihre Frau Gemahlin wird ja darüber das Beste wissen! Wo ist sie denn?

Ich habe sie bei der Gräfin Albrizzi gelassen.

Schade! rief die Baronin, dort wird sie Mylord
nicht treffen können!

Der Graf zuckte die Achseln.

Und wissen Sie nichts Genaues über diese Abreise? fragte Jemand.

Nicht das Geringste. Ich habe den Lord seitdem
nicht gesehen.

Der Graf schielte nach dem anstoßenden Salon, nach den Spieltischen.

Er stand auf und betrachtete die Kupferstiche an den Wänden, und näherte sich dabei unvermerkt dem Ausgange des Saales.

Sehen Sie, meine Damen, flüsterte die Baronin, wie der alte Geizhals nach den Spieltischen lavirt! So reich er ist, so will er sich doch jeden Abend noch um einige Kronen reicher machen. Und es gibt Leute, welche sagen, er spiele cattiv.

Die seit dem Eintritte des Grafen schweigsame Signora Mammoni hatte sich während dieser letzten Worte erhoben, war dem Grafen langsam gefolgt und faßte ihn an der Saallhüre unterm Arm.

Lieber Graf, sagte sie, wir haben schon öfter gleichartig gedacht und in Gemeinschaft gehandelt und können es uns am Ende gönnen, ein Viertelstündchen mit einander zu verplaudern, da ich ihnen manches zu sagen hätte, — vorausgesetzt, daß Sie nichts besseres zu thun haben.

Durchaus nicht! gar nicht! sehr erfreut! versetzte der Graf, kommen Sie hierher, meine theuerste Signora ... Setzen wir uns in diese Nische!

Sie scherzten wohl, Signor Conte, begann die Dame, als Sie sagten, das Nähere über Mylords Reise sei Ihnen unbekannt; oder wollten es vor der

Gesellschaft nicht sagen? Aber mir, einer langjährigen Freundin, werden Sie es doch nicht vorenthalten.

Ich muß meine Versicherung wiederholen, versetzte der Graf betroffen, daß ich nicht mehr davon weiß als Jedermann.

Unmöglich, Sie stehen ja zu Mylord in so nahem Verhältniß.

Ich habe ihn seit mehren Tagen nicht gesehen.

Aber die Gräfin hat ihn, und Sie haben die Gräfin gesehen.

Vom ersteren weiß ich nichts.

Also macht Ihnen Teresa ein Geheimniß aus ihren Zusammenkünften! O, das ist abscheulich, unerhört, dem würdigsten, nachsichtigsten Gatten gegenüber!

Der Graf fuhr auf.

Signora, sagte er, Verhältnisse, die ich dulden will, sind meine Sache.

In der That! Allein Sie haben doch das Recht, von dem unterrichtet zu sein, was in Ihrem Hause vorgeht. Der Lord, als Cavalier der Gräfin, gehört zu Ihrem Hause. Was muß man von Ihnen denken, wenn Sie selbst in Gesellschaft erklären, daß Sie von seinen Schritten nichts wissen! Ist er vielleicht die Gräfin schon müde?

Ich glaube kaum. Man muß ihm etwas nachsehen, er ist ein Dichter und ein Fremder, der die Sitten des Landes nicht so genau kennt.

In den Unsitten des Landes hat er Erfahrung genug gehabt, murmelte die Dame für sich und fuhr laut fort: Wenn er die Sitten des Landes benutzen will, muß er sie kennen! Ein Fremder, ja ein Fremder! Haben Sie das noch nicht bedacht? Hätte sich unter den Söhnen unseres Landes kein würdiger Cavalier für die Gräfin gefunden? Ein Fremder! O diese Fremden! Sie sind das Unglück des schönen Italien! Sie haben den Garten der Welt verwüstet! Sie haben den Scepter aus der Hand. und die Krone vom Haupt der ewigen Roma, den Dreizack aus den Klauen unseres Flügellöwen gerissen! Sie kommen jetzt, und rauben auch die schönsten Güter aus dem Schooß unseres Lebens!

Woher auf einmal so patriotisch, Signora?

Und nur ein Fremder? Auch ein Ketzer, ein Feind unseres heiligen Glaubens, ein Sohn unseres Erbfeindes, des mit dem ewigen Bann des heiligen Vaters belegten England, welches unsern Glauben heute noch mit Feuer und Schwert verfolgt! Haben Sie vergessen, Herr Graf, an das Seelenheil Ihrer Gemahlin, an Ihr eigenes zu denken?

Woher auf einmal so religiös, Signora?

Spotten Sie nur! Man spottet auch über Sie.

C, wenn Sie wüßten, von Wem und wie über Sie ge-
spottet wird. — Ihr — Freund, wie Sie ihn nennen,
verglich Sie neulich 'mit dem alten, geköpften Dogen
Marino Faliero, der bei seiner jungen Frau die Groß-
vaterrolle gespielt habe. Er werde das in lustige Verse
bringen und auf dem englischen Pagliassotheater in London aufführen lassen!

Dieses Argument wirkte. Der Graf wurde zorn-
roth.

Nach einer Pause fragte die Signora: Und was
werden Sie thun?

Nichts! versetzte der Graf.

Ja so! ich vergaß. Mylord schießt mit der Pistole
einen Vogel im Flug herunter, und — und da er auch
gut mit dem Säbel umzugehen weiß, so werden Sie
ihm auch darin nicht gewachsen sein! Was endlich die
Banditen angeht, so ist ihm da gar nicht beizukommen,
denn er hat sie alle selbst in seinem Sold. Graf Guiccioli würde sich auf diesem Wege selbst erdolchen. Sie
kennen ja den bärtigen Tita! Ich habe einige der gräßlichen Mordgeschichten dieses Dichters gelesen, und darin
sieht ihm der Haupttodtschläger immer ganz abgemalt
ähnlich. Aber er ist ein Mann, und Graf Guiccioli ist —

Auch ein Mann!

Aber ein alter. Was wollen Sie thun?

Wie ich Ihnen sagte, nichts.

Und wenn Sie ganz einfach abreisten?

Das werde ich thun. Ich kann mich hier nicht der Gefahr aussetzen, ermordet zu werden.

Vortrefflich, ich verstehe! Sie gehen auf eines Ihrer Güter in der Romagna — der Lord wird folgen wie der Magnet dem Eisen — dann ist er in Ihrer Straße —

Die Lächerlichkeit in Venedig ist dann wenigstens vermieden, setzte der Graf ruhig hinzu, ich habe das Meinige gethan, um den Unwillen des heiligen Vaters über den Fremden und Ketzer in meinem Hause abzuwenden, mein Gewissen ist beruhigt. Will er folgen, so kann ich ihn nicht daran verhindern — wollen Sie mir jetzt erlauben, meine Parthie zu machen?

Die Signora nahm den Arm des Grafen, um sich zu den andern Damen zurückführen zu lassen, und dieser wandte sich dann zu den Spielern.

VI.

Unter der Thüre der Signora Benzoni stieß Byron einige Stunden später auf den Grafen Guiccioli.

Schon so früh zum Aufbruch, Herr Graf?

Leider, mein theurer Lord, muß ich von einem Spiel aufstehen, in welchem mich das größte Glück begleitete. Allein die Pflicht ruft. Die Gräfin ist bei der Albrizzi, und da man Sie dort nicht erwarten kann, so muß ich selbst nach ihr gehen.

Ich bedaure lebhaft!

Schade! und noch mehr Schade, daß Sie mit Teresa nicht mehr lange die englischen Lesestunden werden fortsetzen können! Sie fand soviel Geschmack an den schönen Wissenschaften, und Sie sind solch ein Kenner in Kunst und Literatur.

Ich bitte, Herr Graf, beschämen Sie mich nicht. Wer selbst schafft, kann keinen Anspruch auf den Namen eines Kritikers machen.

Ja Schade, in der That Schade!

Aber warum eine Unterbrechung?

Weil ich heute Briefe erhalten habe, wonach unsere Anwesenheit auf meinen romagnesischen Landgütern dringend nöthig ist. Demnach werden wir in den nächsten Tagen von Venedig abreisen müssen, mein theuerster Freund!

Abreisen und noch vor Beginn des Carneval, des weltberühmten Venetianischen Carneval, wegen dessen Sie und die Gräfin Teresa eigentlich hierher gekommen sind!

Leider ja, und ich darf es nicht einmal wagen, Sie durch eine Einladung zum Besuch bei uns diesem vielgerühmten, von Ihnen so geliebten Carneval entreißen zu wollen, abgesehen davon, daß es eine Unschicklichkeit sein würde, einen so ausgezeichneten Gast im Winter aufs Land zu bitten.

Sehr gütig, aber . . . aber könnte denn die Gräfin nicht hier bleiben?

Gewiß! allerdings! wenn sie nur wollte! Allein ihre Anhänglichkeit an ihren väterlichen Freund, wie sie mich liebenswürdiger Weise nennt, ist so groß, daß sie sich unter keiner Bedingung von mir trennen will. Das arme Kind! Ich hätte ihr so gern das Vergnügen gegönnt!

Und wann reisen Sie?

Noch diese Woche; wir sehen Sie doch vorher noch?

Ganz Gewiß. Gute Nacht, Herr Graf!

Gute Nacht!

Byron blieb nicht lange in der Gesellschaft. Er war in „one of his silent rages". Wären Champagner-flaschen da gewesen, so hätte er wahrscheinlich eine solche in den Spiegel geworfen; so aber befand er sich nur in einem Kreis von Damen, welche er gerade mit den Köpfen hätte unter einander zusammenstoßen müs-sen, wozu er, wie er gegen Hoppner äußerte, nicht we-nig Lust empfand. Er antwortete auf alle Fragen, be-sonders auf die über seine Abreise, in einer verkehrten, abgebrochenen nur zerstreuten Weise, so daß sich ein noch größeres Dunkel auf diese mysteriöse Geschichte lagerte.

Vor dem Rückweg nach Hause ließ der Lord. Tita ein Stück in die Lagunen hinausfahren, so daß es ziem-lich spät war, als er im Quartier San Polo, wo der Palast Mocenigo sich befand, anlangte. Eigentlich führ-ten vier, von der berühmten alten venetianischen Familie Mocenigo erbaute Paläste, welche neben einander lagen, diesen Namen, und Byron hatte nur einen, den jüng-sten derselben inne.

Dieser stand dicht am großen Kanal und war in einem etwas verdorbenen Renaissancestyl von 1579 ab erbaut worden. Das Aeußere wurde, sogleich nach der Erbauung, von Cagliari mit Frescobildern, deren Stoff

der römischen Geschichte entnommen, geschmückt; das
Innere hatte Tintoretto mit den eignen Thaten der Mocenigo ausgemalt, wozu die Geschichte dieses berühmten
Hauses Anlaß genug bot. Dort sah man, wie der
Ahnherr des Hauses, Pietro, der Zeitgenoß Scander-
begs, den in Scutari von treu Türken belagerten und
schwer bedrängten Antonio Loredano entsetzte; man sah
die Thaten des Thomas, Domenico, Luigi Mocenigo,
welche in der Blüthezeit der stolzen Seestadt als Dogen an ihrer Spitze gestanden hatten; man sah das
Bild des hochherzigen Giovanni Mocenigo, dessen Denk-
mal in dem venetianischen Pantheon, der großen Do-
minikanerkirche St. Johann und Paul, errichtet steht,
und von dem man in den Cabinetten der Münzrari-
tätenkrämer eine Münze mit dem Spruch antreffen
kann: Beata respublica quae a sapientibus gubernatur.
Aber der Glanz aller dieser Herrlichkeiten war im Laufe
der Zeit etwas verblichen; von den äußeren Fresken
war nicht mehr viel zu sehen; der Stein, aus welchem
der Palast bestand, war gedunkelt; unheimlich grau
blickten seine Thür- und Fensterbogen den Beschauer an,
welcher nicht ahnen mochte, mit welch behaglichem Comfort der Lord sich in der Zimmerflucht des ersten Stock-
werks eingerichtet hatte.

Die zwei ältesten Paläste standen etwas weiter vom
Wasser zurück, der erste in lombardischem, der zweite

in toskanischem Styl, beide aus istrischem Marmor erbaut, ganz unbewohnt und sehr verfallen. Der dritte,
der ältere Zwillingsbruder des von Byron bewohnten
Palastes, rückte wieder an den Kanal hin, so daß diese
beiden nur durch einen breiten, aufgepflasterten Raum
getrennt waren. Ein Spiel des Zufalls hatte es gewollt, daß unter den vielen leerstehenden Prachtgebäu-
den Venedigs grade dieses letztere von dem Grafen
Guiccioli während seines dortigen Aufenthaltes gewählt
und gemiethet worden war.

Als der Lord aus seiner Gondel stieg, hieß er Tita
sich entfernen und zur Ruhe begeben; er selbst trat auf
den freien Platz zwischen den beiden Palästen.

Es war kein Mondschein, die venetianische Straßen-
beleuchtung war längst erloschen, aber von einem reinen
Himmel herab warfen die Sterne ein Licht, welches das
einmal an die Dunkelheit gewöhnte Auge alle scharf
umrissenen Gegenstände erkennen ließ. Der Lord ging
einige Zeit lang schweigend und in tiefen Gedanken auf
dem Platz auf und ab, sich unwillkürlich dem Palast,
welchen der Graf bewohnte, mehr und mehr nähernd.

Eine dunkle Arkadengallerie lief unter den beiden
Gebäuden hin und verband sie, quer über den Platz
ziehend. An Guiccioli's Palast schloß sich, etwas mehr
erhaben, eine Terrasse an, welche mit Hülfe des Bogen-
ganges ohne große Schwierigkeit zu ersteigen war. Ueber

der Terrasse schimmerte ein Licht aus einem der hohen
Bogenfenster.

Wenn ich hier hinaufsteige, überlegte der Lord, kann
ich Teresen möglicherweise sehen oder gar sprechen! —
Ob dabei Gefahr für ihn sei, ob er sie compromittiren
könne, daran dachte er überhaupt nicht. Sein linker
Fuß stand bereits auf einem, an die vorderste Säule
gelehnten Prellsteine, die linke Hand hatte die Schnecke
des jonischen Capitäls erfaßt und, um an dem Gesims
die Last des Körpers nachzuziehen, hatte er den rechten
Arm darnach erhoben, als er sich plötzlich daran ergrif-
fen und herabgezogen fühlte. Im nächsten Augenblick
blitzte etwas vor seinen Augen, er streckte die linke Hand
zur Abwehr vor, grade noch rechtzeitig, um einen Mes-
serstoß aufzuhalten, der nach seiner Brust geführt wurde.
Kein Ton war gehört worden, lautlos standen, Arm an
Arm gefaßt, Aug' in Auge, die beiden Gegner einen Augenblick einander gegenüber. Da ließ der Angreifer sein
Messer fallen und suchte sich, zur Flucht gewandt, loszu-
ringen. Der Lord ließ ihn sogleich fahren, jener aber
trat nur drei Schritte zurück, während welcher Bewegung er ein Pistol gezogen hatte, mit welchem er nach
seinem Feinde zielte.

Im nächsten Augenblick sank er lautlos zu Boden,
und eine neue Gestalt stand zwischen dem Gefallenen
und dem Dichter. Es war Tita. Er pflegte seinen

Herrn, wenn ihn dieser auch fortschickte, doch außer dem Hause nie allein zu lassen, und war ihm auch diesmal gefolgt.

Jetzt hob er den Gefallenen auf und trug ihn an den Kanal, rollte dort einen großen Stein in dessen Mantel, das Wasser klatschte leicht auf, dann war alles still. Gleich darauf stand der Gondolier wieder bei seinem Herrn, welcher in den Bogengang zurückgetreten war.

Bist du es, Tita?

Si, Signora!

Was war das!

Ein Bandit, den ich kalt machte!

Ich danke dir!

O Signore!

Warum hat denn der Schurke nicht von hinten zugestoßen? da hätte er ja nicht fehlen können!

Doch nicht, Signore, versetzte der Gondolier, denn dann hätte ich ihn drei Minuten früher kalt gemacht.

Und wie wußtest du, daß er es nicht thun werde?

Ich kenne meine Leute, versetzte Tita, mit einemmal gesprächig geworden; Pietro ist ein braver Bursche, er fällt nicht von hinten an. Schade um ihn, daß er todt ist, recht Schade!

Also du kanntest ihn?

Versteht sich! recht gut und schon lange. Er hätte

mein Messer auch nicht geschmeckt, wenn es nicht die äußerste Noth gewesen wäre. Der Herr hat es so gewollt. Ich werde einige Messen lesen lassen und täglich drei Avemaria für ihn beten.

Vielleicht hat auch der Graf einen Stoß von vorn besonders verlangt, setzte der Gondolier nachdenklich hinzu.

Der Graf? welcher Graf?

Nun, Pietro's Herr, der romagnesische Graf hier in dem Hause; Pietro ist aus der Romagna, er hat dem Guiccioli schon manchen Dienst geleistet, aber wie er sagte, zahlt er schlecht, der reiche Graukopf, es sei mit ihm ein Hundeleben, meinte Pietro. Er wird sich nun nach einem andern umsehn müssen. Weiß der Teufel, wie er auf einmal hergekommen ist, ich hatte ihn lange nicht gesehn. Der Graf muß ihn gerade für unvorhergesehene Fälle mitgebracht und versteckt gehalten haben.

Der Graf? der Graf?

Si, Signore! Si, Signore!

Es ist gut, Tita! Geh' jetzt!

Si, Signore!

Der Gondolier verschwand in dem Bogengang, und der Lord machte sich wieder an das Ersteigen der Terrasse, mit besserem Erfolg als das erstemal.

Jetzt stand er oben und schaute um sich. Lautlose

Stille rings. Die Umrißlinien der nächsten Paläste,
die Thürme und Kuppeln der Kirchen schnitten sich
schwarz und scharf gegen den tiefblauen Nachthimmel
ab. Fern, ganz fern und schwach tönte das Rauschen
der an den Lido brandenden Adria über die Lagune
herüber.

Der Dichter trat an den Rand der Terrasse, sah
auf den Kanal hinunter, und eine Träumerei beschlich
ihn, die, wenn ununterbrochen, ihn bis zum Morgen
gefesselt hätte. Der einsame Schrei eines Nachtvogels
aber störte ihn noch rechtzeitig auf und er näherte sich
dem erleuchteten Fenster.

Durch eine Vorhangspalte sah er die Gräfin ganz
angekleidet auf einem Divan sitzen, den Kopf in die
Hand gestützt. Sie war sehr blaß, die reichen blonden
Locken fielen haltungslos um das Gesicht herunter. Wie
sie so regungslos da saß, hätte man sie für ein beklei-
detes Marmorbild, wie die heilige Rosalie in ihrer
Grotte bei Palermo, halten können. Der Dichter wagte
keine Bewegung, um sie nicht aufzustören. Er hatte
nur Augen und war jetzt mehr Künstler als Liebender.

Nach einer Weile stand sie auf und ging hin und
her. Es schien ihr zu warm im Zimmer, sie trat ans
Fenster und öffnete es; der Dichter war in den Schatten eines Pfeilers zurückgeglitten.

Plötzlich öffnete sich eine Thür dicht neben ihm. Die

Gräfin trat heraus auf die Terrasse. Sie wollte auf-
schreien und zurückfliehen, als sie plötzlich einen Mann
dicht vor sich sah.

Teresa! sagte eine bekannte Stimme.

Sie wich nicht zurück, sondern trat vor. Sie wissen
also, daß ich abreisen muß? sagte sie, indem er ihre
Hände erfaßte.

Der Graf hat es mir selbst gesagt.

Dann ist es begreiflich, daß Sie hier sind. Wissen
Sie auch, daß der Graf Sie ermorden lassen wird?
Ich sah heute seinen Banditen bei ihm.

Er hat seinen Versuch schon gemacht und liegt drun-
ten im Kanal.

Sind Sie verwundet? O mein Gott!

Nein, meine Teresa. Ich werde Ihnen in die Romagna folgen!

Nimmermehr, Sie gehn dann in die Höhle des
Löwen!

Ich werde incognito reisen! —

Nein, nicht doch! — Ich werde sterben ... das ist alles.

Reden Sie vom Leben, theuerste Teresa! rief der
Dichter; bald, bald werden wir uns wiedersehen.

Also Sie werden hier bleiben?

Ich verspreche noch nichts.

Wie Sie mich quälen!

Nun gut denn, eine Zeitlang will ich mich entfernt

halten, bis der Verdacht des Grafen beruhigt ist . . . .
und sein Zorn über den todten Spitzbuben da unten.

Die Gräfin schauderte.

Aber, Signora la Contessa, die Nachtluft des Ja-
nuars ist nichts für eine so zarte Blume. Treten Sie
in das Zimmer zurück!

Sie haben Recht! Gute Nacht!

Nicht doch, mich friert auch!

Nein!

Ich gehe sonst in die Romagna.

VII.

Als der Lord mit dem Grauen des Tages nach seinem Palast heimkehrte, öffnete ihm Tita die Thür.

Wo bist du seither gewesen? fragte Byron.

Unter den Arkaden, Signore.

Treue Seele!

Der Lord ging zu Bette, welches er selten früher als an diesem Morgen erreichte, dann aber auch mit Beharrlichkeit meist bis zum nächsten Nachmittag behauptete.

Tita gönnte sich nicht so lange Rast; er war zeitig auf und machte sich vor dem Ausgang des Nachbarpalastes zu schaffen. Der, den er zu sehen wünschte, der Graf, ließ nicht lange auf sich warten. Mit einer schweren Falte der Mißlaune auf der Stirn war er herausgetreten und hatte sich mürrisch nach allen Seiten umgesehn.

Excellenza! redete ihn Tita mit einer tiefen Verbeugung, den Hut in der Hand, an.

Was willst du?

Darf ich zu Eccellenza ein Wort allein reden?

Der Graf trat mit ihm unter die Arkaden. Sein
Blick fiel auf einige Flecken am Boden.

Eccellenza! sagte nun Tita, ich wollte Ihnen nur das
Messer meines Freundes Pietro aus der Romagna über-
reichen, welches er heute Nacht verlor.

Warum gibst du es ihm nicht selbst?

Das würde nicht wohl gehen, Eccellenza. Povero
amico! Povero Pietro!

Warum nicht? wo ist er?

Wo Sie ihn schwerlich finden werden, Eccellenza.

Schurke, was ist passirt?

Nicht viel, Eccellenza. Eccellenza ist um einen
treuen Diener ärmer. Mylord —

Schweig, Hallunke!

Es hört uns niemand, Eccellenza; Mylord ist fest
. . . . fest, sage ich Ihnen, sonst hätten schon zehn Banditen vor Pietro ihre Messer nicht umsonst an ihm
probirt. Er hat einen Bund mit dem Teufel.

Narrenspossen!

Wie ich Ihnen sage, Eccellenza! Und außerdem,
Eccellenza, hat Mylord treue Diener, die seine Feinde
kennen, und wenn einmal — und der Gondolier stellte
seine Athletenfigur dicht vor den ängstlich zurückweichen-
den Grafen hin — wenn einmal Mylord gegen ein Messer

nicht ganz fest wäre, dann kennt Tita seine Feinde; sie sind nicht fest, und Mylords Seele würde Gesellschaft haben, ehe noch der Engel und der Teufel da sind, welche sich um die Seelen der Verstorbenen streiten, Eccellenza.

Geh zum Teufel, verdammter Bursche!

Später, Eccellenza! Also wollen Eccellenza das Messer nicht? Dann will ich es als Andenken an meinen Freund Pietro behalten. Der Herr segne Ihre Tage, Eccellenza! Povero amico! Povero Pietro!

Fast fange ich an, murmelte der Graf im Fortgehen, an das Märchen der Mammoni von dem Affendämou zu glauben, nur daß der Teufel in dem Gondolier sitzt. Erst muß also der aus dem Wege.... und dann.... Povero Pietro!

Der Abschied des Dichters von der gräflichen Familie war kurz und förmlich, als deren Abreise einige Tage darauf erfolgte. Er sprach der Gräfin sein Bedauern aus, daß sie beim Beginn des Carnevals Venedig verlassen, dem Grafen, daß er bei dieser schlechten Jahreszeit das Land besuchen müsse.

Im Sommer, versetzte dieser, wird es auf meinen Landgütern desto herrlicher werden. Wir hoffen Sie dort bei uns zu sehen. .

Ohne Zweifel!

Und recht, recht lange zu behalten.

Das lautet ja, als ob Sie mich dort begraben wollten!

Sie scherzen.

Und wohin werden Sie sich zunächst begeben?

Auf ein Schloß am Po, in der Nähe von Ravenna, nicht weit von der Straße nach Bologna.

Ich liebe den Ort nicht, sagte die Gräfin; er ist alt, finster, kalt und unheimlich. Man sagt, es gebe böse Geister dort!

Auch gute Geister werden Sie dort umschweben, gnädigste Gräfin!

Und der Lord empfahl sich mit den gewöhnlichen Abschiedsceremonien, welche in nichts weniger als einer zärtlichen Umarmung mit dem Grafen selbst zu bestehen hatten.

Die schnelle Abreise der Guiccioli's erregte in Venedig ein ebenso großes Aufsehen als der vorhergehende Versuch einer solchen seitens des Lords. Vielfach brachte man damit dessen Aufmerksamkeit für die Gräfin in Verbindung, und fast allgemein war die Stimme gegen den Grafen, welcher, wie es schien, eine Ausnahme von der gewöhnlichen Landessitte beanspruchen wollte. Nur wenige hingen der Theorie der Signora Mammoni an, welche behauptete, gegen einen Ausländer und gar Ketzer habe man nicht allein das Recht, sondern auch die Pflicht, diese Ausnahme zu machen.

Von dem Attentat auf die Person des Lords war keine Silbe bekannt geworden.

Auf Andringen Teresa's hatte dieser seine aufrichtige Freundin, die Gräfin Albrizzi, wieder aufgesucht. Er war dort, trotz seiner Vernachläſſigung, gut aufgenommen worden, und die Gräfin hatte ſich ſogar erboten, einen Briefwechſel zwiſchen ihm und Tereſa zu vermitteln. Er ſuchte ſie jetzt oft auf, denn mit ihr allein, an welche ſich Tereſa vertrauensvoll angeſchloſſen, mochte er ſich über dieſelbe unterhalten. Sie theilte ihm mit, wie ſchmerzlich dieſelbe von ſeinem plötzlichen Entſchluß, nach England abzureiſen, berührt worden ſei.

Und was war eigentlich Ihre Abſicht dabei? fragte ſie.

Ich wurde von meinen Freunden gedrängt und . . . . endlich wollte ich mein Kind, die kleine, blauäugige Ada, einmal wiederſehen.

Der Dichter fühlte ſich ſehr verlaſſen und empfand namentlich ſchmerzlich Shelley's Abreiſe. Er hatte in Venedig keinen Freund mehr, dem er ſich öffnen konnte; der engliſche Conſul, Hoppner, war ein Geſchäftsmann, der ihn officiell bewunderte, aber nicht verſtand, deſſen Frau eine Engländerin. Die geſelligen Kreiſe Venedigs waren ihm erſt recht zuwider; bei der Signora Benzoni ließ er ſich faſt nicht mehr blicken, denn Schaden-

6*

freube ober falſches Wohlwollen brachten bort immer in
ſeiner Anweſenheit bas Geſpräch auf bie Gräfin.

Damals ſaß man jeben Nachmittag, bas heißt, balb
nachbem ſich ber Lorb erhoben unb ſein zweites Früh-
ſtück genommen hatte, ſeine Gonbel, mit bem bärtigen
Tita am Ruber, nach ber einſamen unb wenig bewohnten Lanbzunge von San Erasmo hinübergleiten, wo ber
Lorb ausſtieg unb ſich ſchnell in bie Weibengebüſche bes
Ufers verlor. Die Gonbel harrte bann ſtunbenlang
auf ſeine Rückkunft, unb wenn er wieberkam, fuhr ſie
hinüber nach bem Libo, wo ber gewöhnliche, abenbliche
Spazierritt erfolgte.

Ueber bieſen täglichen Beſuch auf San Erasmo cir-
culirten in Benebig balb bie verſchiebenartigſten Ge-
rüchte, welche nur in einem Punkt einig waren, nämlich
barin, baß ein Liebeshanbel im Spiele ſei. Nach bem
Einen hatte ber Lorb bie Fornarina wieber in Gnaben
aufgenommen, aber, um ben Stanbal zu vermeiben, in
einem einſamen Pavillon verborgen; nach ber Verſion
ber Signora Mammoni war eine ſeiner engliſchen
Frauen, welcher zulieb er nach Hauſe zurückkehren wollte,
jetzt ſelbſt herübergekommen unb bort verſteckt; noch
Anbere enblich behaupteten, es befinbe ſich bort Niemanb
anbers als bie Gräfin Guiccioli ſelbſt, welche ber Lorb,
nachbem er auf bem Weg von Pabua nach Ravenna
ben Grafen ermorben laſſen, entführt habe.

Zur Ergründung dieses Geheimnisses ihm zu folgen, wagte Niemand, denn seine Pistolen und plötzlichen Wuthanfälle waren hinlänglich bekannt; wir aber, die wir in unserer Vogelperspective vor Schuß und Hieb sicher sind, können schon einen Gang nach San Erasmo riskiren.

Die Fornarina steckte dort nicht, denn sie konnte man, seitdem sie durch das kalte Bad im Kanal von ihrer Liebesthorheit für ihren gran can della Madonna geheilt worden war, täglich in der Stadt ihren Geschäften nachgehen sehen; ebenso wenig die Gräfin Teresa, denn es langten bald Briefe an, welche die glückliche Ankunft des jungen Ehepaares in dem Schloß am Po meldeten; am wenigsten aber Lady Noel; sie saß hunderte von Meilen entfernt in dem Sprechzimmer auf dem Landsitz ihres Vaters, Sir Ralph Millbank, und sollte bittere Thränen weinen, als sie, wie wir sehen werden, von der vereitelten Abreise unterrichtet wurde.

Es handelte sich dort überhaupt nicht um eine Dame, also auch nicht um eine Liebesangelegenheit, sondern um etwas viel Ernsteres.

Weit in der Laabzunge drinnen, fast am Rande des adriatischen Meeres, lag ein düsteres Gebäude aus Backsteinen, in altem Rundbogenstyl aufgeführt, niedrig und gedrückt. In der stets verschlossenen Pforte befand sich ein doppelt vergittertes Fensterchen, daneben ein Klingel-

zug. Wenn der Lord aus den Weidengebüschen trat,
welche den größten Theil der Landzunge bedeckten, befand er sich schon fast dicht vor dem Gebäude, dessen
Einwohner demnach nur die Aussicht auf das graue
Einerlei des Dickichts vor, auf das grüne Einerlei des
Meeres hinter, und auf das Wechselspiel des Himmels
mit seinen Wolken und Gestirnen über sich hatten. Etwas blieb noch, das war der schmale, sandige Raum
zwischen dem Gebäude und dem Meer. Einfache Kreuze
standen dort umher — es war ein Kirchhof.

Wenn der Lord an der Schelle zog, zeigte sich erst
ein betrübtes Gesicht hinter dem vergitterten Fenster,
dann öffnete sich sogleich die Pforte, und er trat in
einen langen, mit einem lastenden Tonnengewölbe über-
deckten Gang, an dessen beiden Seiten niedrige Thüren
sich befanden. Der Gang hallte, wenn er mit noch
so leichtem Schritt hindurchschritt, bis er an der letzten Thüre stehen blieb. Wenn er dort anklopfte, rief
ihm ein Wort in einer Sprache rauhen aber vollen
Klanges die Antwort. Er trat ein und befand sich in
dem gewölbten, wohlassortirten Bibliotheksaal eines ar-
menischen Klosters.

Ein Greis in sonderbarer Tracht, eine Art von
Magier in einer langen, spitzen Mütze und mit weißem,
wallendem Bart, empfing ihn. Wollte der Dichter den
ehrwürdigen Pater Paschal als eine dankbare Figur für

eine seiner Dichtungen benutzen? Nein, diese Gestalten liebte er nicht; die mit sich selbst einigen, weisen Männer stellte er nie dar, denn in seinen Werken gab er nur den Spiegel seines Innern, und dieses hatte nie jene Ruhe, es war voll Streit und tobender Leidenschaft. Wollte er schwarze, magische Kunst lernen bei dem Armenier, wie die, welche er seinen Manfred ausüben läßt? Nein; seine Lust an Todtenschädeln und hohlen Geisterbeschwörungen hatte er schon in frühester Jugend auf der Newsteadabtei ausgetobt. Aber was wollte er denn? Er wollte die semitischen Sprachen lernen.

Die Urpoesie der Völker in ihrer Kindheit hatte den Dichter von jeher mächtig angezogen, und mit dem Inhalt des alten Testaments war er durch seinen Hang genau bekannt geworden; es hatte ihm Stoffe für größere und kleinere Dichtungen liefern müssen, die Apokalypse war Gegenstand seines Studiums gewesen, und auf ihren Inhalt finden sich vielfache Anspielungen in seinen Werken.

Gleich nach seiner Ankunft in Venedig hatte er sich zu diesem Ende zu den Armeniern gewendet und war von Pater Paschal mit freundlicher Zuvorkommenheit aufgenommen worden. Der alte Bibliothekar freute sich an dem Eifer des Schülers, wenn er, das ausdrucks-

volle, große Auge auf die krausen Zeichen heftend, dieselben in sich aufzusaugen und ganz darin absorbirt
schien, — an seiner Gelehrigkeit, wenn ihm die Regeln
der Sprache gleichsam nur anflogen. Allein als ihn
einmal das Lustgewühl der Seestadt in seine wirbelnden
Kreise gezogen hatte, da verstummte plötzlich die innere
Stimme, welche ihn zu jenem Studium antrieb, er fand
bei der Gräfin Albrizzi leichtere Unterhaltung, bei Marianna und der Fornarina schnelleren Genuß, als ihn
die Wissenschaft bietet, welche einen ruhigen, kalten, nur
für sie fühlenden Freier will, der länger, als Jacob um
Lea und Rahel, um sie buhlt, und meist erst mit grauen
Haaren und oft mit einem Fuß im Grabe, ihr recht
vermählt wird. Solche Sprödigkeit ermüdet; er kehrte
seltener und immer seltener zu der stolzen Schönheit
zurück und blieb zuletzt ganz weg.

Die Wissenschaft ist mir zu eifersüchtig, hatte er zu
der Gräfin gesagt; wenn ich heute einer andern Schönen einen Blick schenke, will sie morgen nichts von mir
wissen, und wenn ich sie reizen oder züchtigen will, wie
man die Frauen reizt und züchtigt, durch Vernachläffi-
gung, kehrt sie mir erst recht mit Verachtung den Rücken. Einer unserer Schriftsteller sagt: Das Mühen
um Wissenschaft gewährt eine ähnliche Lust wie das
Ringen mit einem schönen Weibe. Das ist wahr, aber
er hätte noch hinzusetzen müssen: nur mit dem Unter-

schied, daß das schöne Weib meistens, die Wissenschaft
selten unterliegt.

Als ihn aber nun Uebersättigung an der irdischen
Lust und die Entfernung von dem Freund und der Geliebten drückte, da kehrte er zu der himmlischen Freundin zurück und sie nahm ihn zwar streng, aber doch
wohlwollend auf. Ihr irdischer Vertreter in diesem
Falle, der Pater Paschal, schien die Vernachlässigung
gar nicht bemerkt zu haben; er war eben da, der spiri-
tus familiaris des gewölbten, reichhaltigen Saales, mochte
Jemand zu ihm kommen oder nicht.

Ernsthaft und gemessen war alles, was dort vor-
ging; indeß hatten sich die Mönche, so betrübt ihr Kloster auch von außen sich ansah, doch nicht so übel eingerichtet. Wem nur nach geistiger Nahrung verlangte,
für den war Pater Paschal der beste, freigebigste Kü-
chen- und Kellermeister, aber auch in anderen Beziehun-
gen war nicht schlecht gesorgt.

Inmitten des langen, niederen Backsteinbaus lief
ein geräumiger Kreuzgang ins Gevierte, zu Processionen
an Feiertagen und den täglichen Spaziergängen der me-
ditirenden oder verbauenden Mönche geschickt; an denselben stieß, mit dem Chor nach dem Meer zu über den
Kirchhof hinausgebaut, die Klosterkapelle. In früher
Zeit einmal theilweise abgebrannt, zeigte auch sie die

Stylverschiedenheit, welche sich in solchen alten, im
Lauf mehrerer Jahrhunderte zusammengebauten Stücken
findet. Während das übrige Kloster den alten roma-
nischen Rundbogen zeigte, erhob sich der untere Theil
dieser Kirche, wenn auch Thüren und Fensterbogen noch
rund waren, doch schon zur Gothik in deren langgezo-
gener Gestalt und in der, die Neigung zum Spitzbogen
verrathenden Erhöhung des mittelsten von je drei Fenstern über die beiden andern. Der obere und innere
Theil der Kirche dagegen ging in den Spitzbogenstyl
über; statt der schweren Pfeiler erhoben sich schlanke
Säulenbündel, und der noch über den Durchschnitt des
Lang- und Querschiffs gestellte Thurm lief leicht und
frei in die achteckige, von der steinernen Blume über-
ragte Spitze aus. Die Krypta der Kirche dagegen,
der älteste Theil des ganzen Gebäudes, zeigte auch die
ältesten Formen, ganz schwere, dicke, niedrige Säulen
mit dem soliden Würfelaufsatz auf den plumpen Ka-
pitälern, Alles nothwendige Anstalten, um das schwer
und tief herabhängende Klostergewölbe zu stützen.

Einen großen und heiteren Contrast zu diesem Re-
ceß bildete das am spätesten erbaute Sommerrefec-
torium. Die Säulenbündel waren hier sogar schon
wieder zu achteckigen Pfeilern umgeschlagen, welche
aber leicht und dünn wie ein Baum in die Höhe
schossen und in zierlichen Ausläufern die leichtgewölbte

Decke trugen — ein heiterer, behaglicher, im Sommer
trockner und kühler Aufenthalt, wo es sich die ernsthaften Mönche auch bei leiblicher Speise ganz wohl
mochten sein lassen.

———

VIII.

Wir müssen jetzt einen schnellen Blick über die Alpen und den Kanal hinüber nach der fischblütigen Heimath des heißblütigen Lords werfen.

Sein plötzlicher Absagebrief hatte bei seinen Freunden, dem Dichter Thomas Moore und Byrons Verleger in London, John Murray, eine große Bestürzung hervorgebracht. Dieser Letztere, einer der bedeutendsten englischen Buchhändler, hatte seit der Satire „Englische Dichter und schottische Recensenten" alles verlegt, was der Dichter schrieb, und diesem bereits namhafte Summen an Honorar bezahlt. Bei bekannten Schriftstellern stiegen solche Honorarbeträge bis ins Unendliche, Walter Scott erhielt zum Beispiel im Lauf von zwanzig Jahren 70,000, Moore für das einzige Gedicht „Lalla Rookh" 3000 Pfund Honorar. Auch Lord Byron ließ sich nicht minder gut bezahlen; er forderte, was er gerade wollte, und drohte, wenn Murray sich widerspänstig zeigte, sich an einen Andern zu wenden, was jedes-

mal wirkte. Uebrigens stand er mit Murray auf dem
freundschaftlichsten Fuß und wechselte beständig Briefe
mit ihm über persönliche Angelegenheiten. Sein großes
Honorar kam ihm selbst am seltensten zu gut, indem er
bis zu einem gewissen durch die Politik bestimmten Zeit-
punkt mit großer Freigebigkeit zum Vortheil Anderer
darüber disponirte.

Moore und Murray begaben sich alsbald nach
Empfang jenes Briefes zusammen nach dem nicht weit
von der Hauptstadt entfernten Landsitz des Sir Ralph
Millbank, wo sich dessen Tochter, Lady Noël, aufhielt.

Diese Dame, welche schon so herbe Lebensschicksale
erfahren hatte, zählte noch nicht dreißig Jahre. Sie
war eine feine englische Schönheit, deren weißer, durch-
sichtiger Teint durch das dunkelglänzende Haar und das
tiefe, schwarze Auge höchst vortheilhaft gehoben wurde.
Sie stand durch die Scheidung von ihrem Gatten in
einem höchst unangenehmen gesellschaftlichen Verhältniß,
zumal da ihre Mutter, welche immer gegen ihre Verbindung mit dem Lord gewesen war, ihr jetzt die unangenehmen Folgen derselben beständig vorhielt. Ihren
einzigen Trost fand sie in dem, ihr bei der Scheidung
zugesprochenen Besitz ihrer Tochter Ada.

Sie bringen mir die Nachricht, daß er nicht kommt,
rief sie den Beiden entgegen, als sie nach der Anmel-
dung ins Zimmer traten.

Fassen Sie sich, Mylady, sagte Moore, er kommt diesmal allerdings nicht, allein die Sache wird sich ohne Zweifel noch machen.

Sie wird sich nicht mehr machen! rief Lady Noël; denn nun will ich von einer Vereinigung kein Wort mehr wissen!

Haben Sie denn jemals den geringsten Schritt dazu gethan, Mylady? wandte Moore ein; es ist ja alles nur durch den Betrieb seiner Freunde geschehen, ihm zulieb, da wir einen so herrlichen Genius nicht im Strudel eines ungeordneten Lebens wollen untergehen sehen.

Gewiß, ganz gewiß ist es ein neues Attachement, was sich in den Weg gestellt hat! Nicht wahr, Herr Moore? ... Herr Murray! ... Reden Sie!

Es ist ..., versetzte Moore. — Das heißt ..., ergänzte Murray.

Herr Hoppner schreibt allerdings, daß ...

Eine plötzliche Neigung zu einer italienischen Gräfin ...

Die erwidert wurde.

Ich sagte es ja! unterbrach die Lady diese stückweisen Mittheilungen, immer und immer wieder dieses Spiel mit den heiligsten Gefühlen, welche das Herz des Menschen kennt!

Moore lächelte verstohlen. Doch ist es nicht ganz das, Mylady, sagte er; Mylord wollte abreisen, nur

sollte alles fertig sein, Sie kennen seinen Eigensinn, und
als es das nicht war, blieb er. Fletcher hatte vergessen, die Pistolen zu laden.

Der Unglückliche!

Und, setzte Murray begütigend hinzu, der Einfluß
Shelley's . . .

Shelley's, ja Shelley's! rief die Lady in höchstem
Zorn, dieses Verruchten, dieses Nichtswürdigen, dieses
Atheisten, dieses Teufels in Menschengestalt.

Wenigstens in sehr schöner Menschengestalt, wandte
Moore ein, und, wenn Teufel, dann ein Teufel, der
jedenfalls das Beste der Menschheit will, wenn auch
vielleicht auf irrigem Wege.

Um Sie übrigens, Mylady, fuhr der Dichter fort,
nicht an meiner Freundschaft für Sie zweifeln zu
lassen, will ich einen längstgefaßten Plan zu schneller
Ausführung bringen. Ich werde selbst möglichst bald
nach Italien reisen und hoffe, daß ich dann persönlich
im Stande sein werde, alle Mißverhältnisse auszu-
gleichen.

Wollten Sie das wirklich?

Das verspreche ich Ihnen, Mylady!

Retten Sie ihn aus jener Hölle! Ich sehe ihn, wie
er handelt, wie er hier gehandelt hat, vor und nach
meiner Heirath.

Und wie Mistreß Lamb einen Roman schrieb, worin

sie ihn als einen herzlosen Verbrecher schilderte und schließlich mit großem Aufwand zur Hölle fahren ließ.

Ein entsetzliches Zurückfahren der Lady und ein Wink Moore's belehrten Murray, daß er soeben etwas in den Cirkeln des high life sehr Unpassendes, ja Unerhörtes gesagt hatte. Er schwieg von nun an pünktlich stille, bis er endlich, als Lady Byron im Laufe des weiteren Gesprächs mit einem Seufzer die Worte äußerte: Ja, wenn ich Miß Chaworth gewesen wäre! sogleich einfiel: Ja, dann wäre Mylord sicherlich wiedergekommen, während Moore vor sich hinmurmelte: Dann wäre er niemals gegangen!

Was sagten Sie, Herr Moore? fragte Lady Noël.

Ich war nicht ganz der Ansicht von Herrn Murray, versetzte der Gefragte; wenn Sie, Mylady, nicht im Stande waren, den bösen Geist, welcher manchmal Mylord beseelte, zu bannen, wie sollte die jetzige Mistreß Musters es gekonnt haben, die, wenn auch mit ähnlichen Reizen ausgestattet, doch weit entfernt ist, die vielfachen Kenntnisse und die hohe und feine Bildung zu besitzen, in deren Vollendung eine Dame unserer Bekanntschaft sich vor ihrem ganzen Geschlecht so sehr auszeichnet.

Murray lachte innerlich über den irischen Diplomaten; Lady Noël aber versetzte geschmeichelt: Ach, Sie wissen doch selbst am besten, Herr Moore, wie wenig der Lord auf wahre Vorzüge hielt, wie ihn dagegen ein schönes Gesicht, eine schlanke Gestalt schnell, wenn auch nur auf Augenblicke fesseln konnten. Jene erste Jugendliebe hat er nie vergessen, es ist ja bekannt, wie später, Jahre nachher, als er zu Mistreß Musters kam und sie ihm ihr Kind entgegenbrachte, er aus Alteration fast in Krämpfe verfiel.

Dagegen ist es wohl nur eine abgeschmackte Fabel, fiel Murray ein, daß ihr plötzliches Erscheinen den . . . den Auftritten auf der Newstearabtei, welche ihrer Verheirathung folgten, ein Ende gemacht haben soll.

Allerdings! versetzte die Lady, wieder mit einer unwilligen Bewegung gegen Murray; überhaupt weiß man von jenen Auftritten wenig Gewisses und sollte eigentlich gar nichts davon wissen wollen. Mistreß Musters, fuhr die Lady, gegen Moore gewendet, fort, soll in ihrer Ehe indeß nichts weniger als glücklich geworden sein?

Im Gegentheil! ludeß . . . warum hat sie einen Kleiderstock geheirathet?

Nun . . . und wenn sie den Lord geheirathet hätte, hätte sie dann ein besseres Schicksal gehabt? . . . Herr Murray glaubt es wohl.

Dieser erhob sich von dem Marterstuhl, auf welchem er während des größten Theils der Unterhaltung gesessen hatte, um den Aufbruch zu machen.

Die beiden Herren verabschiedeten sich, die Einla-

dung zum Diner ablehnend, Moore mit dem nochmali-
gen Versprechen, seine italienische Reise möglichst zu be-
schleunigen.

Kurz vor seiner Abreise erhielt Moore noch einen
Brief von dem Lord, dessen Inhalt ihn nicht wenig in
Erstaunen setzte. Statt der gewöhnlichen Heiterkeit, mit
welcher Byron poetische Episteln, oft des frivolsten Inhalts, mit pikanten Anecdoten aus dem Leben der Italiener gewürzt, an ihn abfaßte, herrschte in diesem Brief
ein melancholischer Ton vor, die ganze Liebesgeschichte
mit der Gräfin war in ernsthaften Worten erzählt, der
Dichter beklagte seine Einsamkeit und schloß mit der Bemerkung, daß er dem grade beginnenden venetianischen
Carneval auch keine Stunde schenken werde. Die kleinen Verse, welche Byron fast jedem Brief an seinen
Freund einzustreuen pflegte, fehlten auch hier nicht, nur
waren sie des ernstesten Inhalts:

> So gehn wir denn ferner zum Tanze nicht
> In spätn, nächtlichen Stunden,
> Obwohl der Mond noch hell und licht,
> Das Herz noch heiß befunden;
> Denn das Schwert durchreibt die Scheide,
> Und den Leib reibt auf der Sinn,
> Und das Herz verstummt im Leibe,
> Und die Liebe selbst geht hin.
> Zwar birgt die Nacht der Liebe Glück,
> Und zu schnell kehrt der Tag zurück,
> Doch gehn wir zum Tanze nimmer
> Im Mondenschimmer.

Dem Brief lag noch ein Zettel mit folgenden Zeilen des Dichters und mit einer Bitte, denselben für ihn aufzuheben, bei:

O Liebe! warum ist's in diesem Leben
Ein Unglück schon an sich, geliebt zu sein?
Cypressen deinen Tempel nur umgeben,
Dein wahrstes Wort, ein Seufzer ist's allein.
Die Blumen bricht, wer ihrem Duft ergeben,
Schmückt sich die Brust, dem Tode sie zu weih'n;
So lassen wir das Liebste, drum wir werben,
An unserm Herzen ruhen — und dort sterben.

Mit Beginn des Frühjahrs hatte Moore seine Reise schon angetreten.

IX.

Die Einsamkeit des Dichters, unter welcher er in dem Getümmel des jetzt zum Carneval erwachenden Benedig von Tag zu Tage mehr litt, war unterdessen unterbrochen worden.

Eines Tages kam von Fusina aus eine Gondel über die Lagune. Die beiden stämmigen Bursche, welche, am Steuerruder und an der Spitze der Gondel stehend, das Fahrzeug lenkten, brachten einen Mann von hoher und kräftiger Statur mit großem schwarzen Bart, nebst seinem Bedienten herüber. Obgleich der Fremde eine schwarze Civilkleidung trug, so ließ sich doch an dem hoch aufgeknüpften Rock, der geraden Haltung und den raschen und präcisen Bewegungen der ehemalige Kriegsmann nicht verkennen. Er saß vor dem Eingang in den inneren Theil der Gondel und sprach in gebrochenem Deutsch mit dem Bedienten, welcher geläufig im rheinischen Dialekt antwortete.

Berdammter Physiker, der! In Padua! sagte er,

kann nicht kuriren ein Fieber — that es nur ärger
machen!

In Venedig wird es wohl besser werden!

Ich sage, Cuno! Von diesen italienischen Phhsikern
thut keiner was verstehn. Sie thun schreien, schreiben,
mediciniren und wird nichts besser! Damn them!

Gott straf' mich! versetzte der nicht weniger martia-
lisch als sein Herr aussehende Bediente, ein germani-
scher Blondkopf von robuster Taille mit einem langen
hellen Knebelbart. Gott straf' mich! wenn ich dem Kerl
in Padua nicht bei allen seinen Heiligen versprochen
hätte, ihn auf Ihrem Todtenbette zu erwürgen, ich glaube,
Sie wären nicht mit dem Leben davon gekommen.

Well! Ich hoffe, daß in Venezia ein englisch No-
bleman oder zwei sein wird, das ihren Hausarzt bei
sich haben. Solch Einer will mich machen gesund!

Ohne Zweifel, Herr Capitän. Ich will einmal sehn,
ob ich aus dieser Wasserratte etwas herausbringen und
mein Italienisch bei ihr anbringen kann.

Ich denke, Cuno, dein Italienisch soll nicht von weit
sein. Als ich weiß, hast du bis jetzt nur drei Worte
gelernt; was sind sie? Well! ich denke: birra di Boira!
aber mache einen Versuch mit fragend!

Nach einigen vergeblichen Ansätzen gelang es dem
Deutschen, dem Gondelführer den Sinn seiner Frage
deutlich zu machen. Sobald dieser begriffen hatte, daß

nach etwa anwesenden Engländern in Venedig gesucht
werde, brach ein lebhafter Redestrom aus ihm, und mit
aller Lebendigkeit, welche dem Italiener bei Behandlung
eines ihm angenehmen Thema eigen ist, begann er aus-
zuführen, wie sich zur Zeit in Venedig zwar nur ein
englischer Nobile befinde, dieser aber auch zehn Andere
aufwiege. Seine Aeußerungen waren sogleich so bezeich-
nend, daß der des Italienischen im Gehör ziemlich
mächtige Capitän, auch ohne Nennung eines Namens,
alsbald wußte, wer unter dem „maraviglioso giovane
straniero" zu verstehen sei.

Fatal! sagte er, die Lobpreisungen des Gondoliers
unterbrechend; Mylord wird für mich nicht zugänglich
sein, denn er weist jeden Engländer ab, der nicht kommt
mit einer Empfehlung von seine beste Freunde. Er
haben ganz Recht, sehr Recht, ich sollte dasselbe thun,
wenn ich Mylord war. Aber, wenn er nur wüßte ...

Herr Capitän! wenn Sie von Lord Byron sprechen,
so lassen Sie mich nur machen. Was man von ihm
hört, zeigt, daß er ein edler Mann ist, er wird einen
Kranken gern unterstützen, wenn es ihm recht vorgestellt
wird, und das will ich thun! so rief Cuno in einem
sehr nationalen Anflug von Gott- und Weltvertrauen.

Du thust die Engländer nicht kennen, Cuno, versetzte
der Capitän phlegmatisch, sie sind nicht als die Deutschen, welche nur Menschen miteinander sind. Mit den

Engländern ist es entweder ein Gentleman, oder es ist
kein Gentleman, und was nicht ist Gentleman, ist nicht
da für was ist Gentleman. Du bist kein Gentleman
und du wirst vor seine Bedienten nicht kommen bis zu
Mylord.

Aber könnten Sie denn nicht schreiben, Herr Capitän, Sie sind doch ein Gentleman.

Ja, und doch nicht so wie englische Gentlemen gewöhnlich sind. — — Es ist wahr — wenn heute Abend
das kalte Fieber zurückkommen will und wird mich
schütteln — und ein englischer Physiker wollte auf mich
warten . . .

Ja, schreiben Sie, Herr Capitän! schreiben Sie!
Ich stehe Ihnen dafür, daß Mylord den Brief bekommen wird!

Well! ich werde schreiben.

Die Gondel lief in den großen Kanal ein und hielt
vor einem der Hotels an demselben. Der Engländer
stieg aus, nahm eine Wohnung, und bald darauf, es
war um die Mittagsstunde, war Cuno den Kanal hinab
auf dem Weg nach dem Palast Mocenigo.

An Tita vorbei, welchem er auf der äußeren Treppe
begegnete, eilte er in das Innere und kam bis in das
Stockwerk, welches der Lord bewohnte. Dort trat ihm
auf der Treppe ein ältlicher Mann, welcher in der
äußeren Erscheinung alles von einem englischen Gentle-

man hatte, entgegen. Cuno stutzte. So hatte er sich
den Lord, welchen er vor sich zu sehen glaubte, nicht
vorgestellt. Er hatte einige Fertigkeit, sich im Englischen
auszudrücken, obwohl sein Herr gewöhnlich Deutsch mit
ihm sprach, um sich in dieser Sprache zu üben.

Schnell gefaßt, trat er mit einem Bückling und den
Calabreser, welchen er kühn aufs rechte Ohr gestülpt
trug, herunterreißend, heran, und begann: Mylord...

Fletcher, denn ihn haben wir hier vor uns, war an
diesem Tag aus irgend welchen Gründen in einer bes-
seren Laune als der, welche der Himmel Italiens in
ihm mit jedem neuen Morgen wach zu rufen pflegte;
vielleicht fand er sich auch durch die Anrede geschmeichelt, er kappte also den Eindringling nicht ganz kurz
ab, wie er sonst zu thun gewohnt war, sondern sagte
mit einem milden Lächeln: Well, Sir! ich habe nicht
die Ehre, Mylord zu sein, sondern nur der treueste
seiner Diener. Was haben Sie, eine Bittschrift vermuthlich.

Ja, Herr! eine Bittschrift! Eine Bitte eines armen
kranken Mannes, eines Landsmannes von Mylord.

Nun, ich denke, Mylord wird ein oder zwei Pfund
für Sie übrig haben, obgleich er nicht gern an Engländer gibt. Wir werden sehen, es ist gut!

Herr! rief Cuno, es handelt sich hier nicht um eine
Geldunterstützung, nicht um Pfunde, die hat mein Ca-

pitän selbst, wenn auch vielleicht nicht im Ueberfluß, sondern um . . .

Fletchers Stirn hatte sich verfinstert.

Kennt Ihr Capitän meinen Herrn? unterbrach er den Deutschen.

Nein, Herr!

Hat er Briefe an ihn? bitte!

Nein, Herr!

Wie heißt Ihr Herr?

Capitän Trelawney, mein Herr!

Trelawney! hm! Trelawney! bedauere! guten Morgen!

Aber um Gotteswillen, mein Herr ist krank, sterbenskrank! rief Cuno, und der edle, der großherzige Lord wird ihn doch nicht ohne Hülfe elend umkommen lassen!

Krank! sagte Fletcher, hm! wenn es nur nicht wieder ein Vorwand ist!

Ich wollte, das Fieber wäre ein Vorwand! meinte Cuno. Kann ich denn den Lord nicht wenigstens sprechen?

Fletcher sah ihn mit der höchsten Bestürzung an und schwieg. Cuno verstand diese Antwort.

Aber meinen Brief wird er doch erhalten!

Geben Sie einmal her.

Ich nehme dann die Antwort gleich mit.

Das nicht, versetzte Fletcher ruhig, vielleicht erhält der Capitän später eine.

Und warum nicht gleich? es ist dringend.

Sprechen Sie nicht so laut! Mylord schläft noch.

Kann man ihn denn nicht aufwecken?

Fletchers Bestürzung wiederholte sich.

Und wann wird er wohl erwachen?

Unbestimmt!

Aber bis dahin kann ja mein Herr sterben.

Möglich, wenn er krank genug dazu ist.

Der Capitän kennt doch seine Leute! dachte Cuno, als er, mit Hinterlassung seines Briefes, die Treppe langsamer hinunterging, als er heraufgekommen war.

Fletcher hatte den Brief noch in der Hand, als die Klingel des Lords ertönte, als Zeichen, daß er erwacht sei und nach dem Frühstück verlange, welches er gewöhnlich im Bett und die angekommenen Briefe und Zeitungen lesend, einnahm.

Trelawney's Brief war unter den ersten, welche ihm in die Hand fielen.

Fletcher! rief er dem aufwartenden Kammerdiener zu, indem er das Schreiben hastig überblickte, wann kam der Brief?

Vor einer Viertelstunde, Mylord!

Warum mich nicht geweckt?

Ich hielt es nicht für so dringend, Mylord!

Hielt es! Naseweis! Ein Landsmann! krank! billet um einen Arzt! Wenn er den gewöhnlichen Pfuschern

in die Hände fällt, bringen sie ihn um . . . er ist vielleicht schon todt. Schnell zu Doctor Aglietti geschickt!
Die Gondel bereit gehalten! . . . Nun an die Toilette!
geschwind!

Fletcher war nun mit einemmal voll menschenlieben-
der Geschäftigkeit. Ueber dem Ankleiden seines Herrn
wagte er die bescheidene Frage: Herr Capitän Trelawney haben also die Ehre von Mylord gekannt zu sein?

Nicht im Geringsten! Unbekannte Leute kann man
wohl sterben lassen, meinst du!

Ich meine gar nichts, Mylord!

Bald darauf war Byron mit einem der besten damaligen Aerzte Italiens, Doctor Aglietti, auf dem Weg
nach Trelawney's Hotel; Fletcher mußte folgen und
wurde von Cuno mit einem sonderbaren Lächeln be-
trachtet, als sich der Lord angelegentlichst nach dem Be-
finden des Kranken erkundigte.

Mit dem Vorrücken der Nachmittagsstunden hatte
sich dessen Fieber wieder eingestellt und war auf einen
ungewöhnlich hohen Grad gestiegen, sodaß er beim Eintritt der Besuchenden delirirte und dieselben für den
Physiker in Padua und dessen Gehülfen hielt, wonach
der Empfang ziemlich komisch ausfiel.

Der Lord befahl dem Diener, sowie dem Wirth des
Hotels die strengste Sorgfalt für den Capitän an. Er
bat in einem Billet, welches er zurückließ, den Kranken

um Entschuldigung, daß er nicht sogleich zu ihm geeilt
sei, stellte ihm für die Zeit seiner Besserung seine Bibliothek zu Gebote und begab sich dann weg, während
der Arzt zur Beobachtung des Kranken dablieb. Cuno
war entzückt, als er dem Lord an seine Gondel folgte.

Unter der sorgfältigen Pflege eines geschickten Arztes
besserte sich der Kranke schnell und war bald im Stande,
dem Dichter für seine Theilnahme danken zu können
und seine Besuche zu erwidern.

Byron schob mit einer Delicatesse jeden Dank von
sich ab und auf den Arzt hinüber, und kam, nachdem
Trelawney vollständig hergestellt war, täglich mit ihm
zusammen. Die kräftige, stellenweise mit Kernflüchen
untermischte Seemannsart, die kurze und plane Aus-
drucksweise, die stramme Haltung und der martialische
Bart des Capitäns gefielen dem Dichter, welchem der
Umgang mit bloßen Salonmenschen von jeher zuwider
gewesen war. Er ward binnen kurzer Zeit gegen Trelawney so offen, zutraulich und mittheilend, wie er es
nur je gegen einen seiner älteren Freunde gewesen war.

Ein Glück für Sie, sagte er eines Tages zu ihm,
daß Doctor Polidori, dessen unglückliche schriftstellerische
Celebrität Sie ja doch wohl kennen, vor kurzem abgereist ist. Wenn Sie dem in die Hände gefallen wären,
hätte ich keinen Vers von Sotheby für Ihr Leben gegeben.

Warum ist er abgereist?

Er hatte eben grade keine Patienten mehr, patiens, Capitän, leidend oder geduldig, weil sie Alle nicht mehr waren. Er hatte drei, sie sind aber Alle todt, einer davon ist sogar einbalsamirt.

Ein Aegyptier?

Nein, ein Lord. Er starb an einer Darmentzündung. Man nahm nach seinem Tode die Eingeweide heraus und schickte sie zur See nach England, während der einbalsamirte Leichnam auf dem Landweg nachkam. Denken Sie sich, Capitän, wenn der äußere Leib einen, der innere Leib einen andern und die unsterbliche Seele einen dritten Weg geht, woran soll sich dann der Teufel halten?

Das ist seine Sache, meinte Trelawney, meinetwegen mag er jeden holen, der mehr als e i n e n Weg geht!

Trelawney war, wie diese Antwort bekundete, ein Mann aus einem Gusse. Wie seine äußere Gestalt, stark, selbstbewußt, ein Mann zum Brechen, nicht zum Biegen, so stand seine Seele in ihm, erzogen und gebildet mehr im Sturm und Drang des Lebens als auf dem glatten Boden der Gesellschaft. Als jüngerer Sohn einer zwar angesehenen, aber keineswegs wohlhabenden, edlen Familie, ward er sich früh bewußt, daß dem Thatenbrang seines Innern so wenig als seinem Wunsch, etwas Rechtes zu werden, eine der gewöhnlichen Laufbahnen entsprechen könne, welche ihm bei seinem Verbleiben in England offen standen. Er konnte durch Bücherwurmstudien und jahrelanges Abwarten einen einträglichen, ja ehrenvollen Platz in der Staatsverwaltung, in der Kirche, in den Gerichtshöfen erlangen — er zog den überseeischen Militärdienst vor.

Die Auszeichnungen, welche er dort erhielt, konnten ihn aber auf die Dauer nicht in einer Laufbahn halten, welche, mit wenigen Ausnahmen, im glücklichen Fall zu einem dürftigen Ende führte, und so kehrte er nach einigen Jahren aus den ostindischen Besitzungen nach Europa zurück, mit der Absicht, sich, in den Kriegen für und gegen das Kaiserreich, unter irgendwelcher Fahne, nach Liebhaberei oder Ueberzeugung zu schlagen. Diese Hoffnung wurde jedoch durch den grade eintretenden, zweiten Pariser Friedensschluß vernichtet, und so durchzog er denn Frankreich, Deutschland und Italien, nicht ohne Hang zu Abenteuerlichkeiten, in Folge deren das Gerücht auftauchte, daß er bei mehreren Unternehmungen griechischer Piraten im ägäischen Meer betheiligt gewesen sei. Seine Landsleute, welche ihm in Italien begegneten, gingen ihm, soweit sie ihn kannten, mit einer Art von abergläubischer Scheu aus dem Wege, welche, als sie Lord Byron bekannt geworden war, ihm Anlaß gab, sich noch enger an den neuen Freund anzuschließen.

Allein auch noch auf einem anderen Felde begegneten sich die Beiden, auf dem des politischen Radicalismus. Obgleich derselbe bei keinem von ihnen zu einem principiellen Bewußtsein gekommen war, haßten sie doch gleichmäßig die Verhältnisse, welche seit dem zweiten Pariser Frieden und besonders durch die heilige Allianz auf dem größten Theil von Europa lasteten. Die Gährung ging durch fast alle Staaten und schlug hier und da in nur schwer unterdrückten Flammen und Funken auf. Trelawney hatte in Frankreich die Keime der Julirevolution wahrgenommen, in Deutschland war er mit Sympathie den unschuldigen Kundgebungen einer idealisirenden Jugend gefolgt — beides aber konnte ihm, der Entfernung und Dunkelheit des Ziels halber, nur wenig einleuchten. Italien dagegen war ihm, dem Volontär und Parteigänger einer zu erwartenden Bewegung, ein besserer Boden; dort war die Gährung am trübsten, man erwartete stündlich Ausbrüche. Die Carbonari waren seine Leute, diese Menschen, die sich nicht nur der Tracht und dem Ort ihrer Zusammenkünfte nach den Kohlenbrennern verglichen, sondern auch in ihrer Thätigkeit, welche ein stilles und verzehrendes Feuer zu entzünden, zu erhalten, aber auch, wenn aufschlagend, zu verdecken bemüht war. Der freiheitsbegeisterte Lord, dessen Gedichte von Klagen um das Leid der unterdrückten Italia widerhallten, war gleichfalls schnell zu mehr

als Worten geneigt, und bewies diese Neigung durch
häufige Spendungen an die Bundeskasse.

Teresa befand sich indessen auf dem Schloß am Po,
nahe bei der Mündung desselben ins adriatische Meer.
Da die Angabe des Grafen, daß er durch Geschäfte
zur Rückkehr genöthigt sei, eine baare Erfindung war,
so hatte er selbst die nöthige Muße, um sich durch häu-
figen Aufenthalt in den nicht allzu weit entfernten
Städten Padua, Ravenna und Bologna und deren
Spielgesellschaften der Einsamkeit seines winterlichen
Landlebens zu entreißen, während die junge Frau auf
der öden Feste wie in einem Gefängnisse allein blieb.

Denn wie ein Gefängniß sah dieses alte Schloß
aus. Auf den Ruinen eines der Forts, mit welchen
die Römer die letzte, starke Stütze ihres Reichs und
zeitweilige Residenz ihrer Kaiser, die Stadt Ravenna,
weithin umgürtet hatten, von den Gothen weiter gebaut,
erhob es in einem Viereck hohe und dicke, von wenigen
kleinen Fenstern durchbrochene Mauern, flankirt von vier
massenhaften, runden Eckthürmen. Die vollendende
Hand aus Aeußere hatten die Lombarden gelegt; hinter
den Mauern wurden, fast auf deren Höhe, Terrassen
angebaut, die Mauern zackig durchbrochen, die Thürme
oben glatt abgestutzt, und nur einzelne Scharten in der
obersten Umfassung gliederten in etwas ihre Massenhaf-
tigkeit. Die mittelalterlichen Reste einer Zugbrücke und

eines sumpfigen Wallgrabens waren seit kurzem verschwunden, und ein stattlicher Weg führte nach dem
engen Portal vom Po herauf, welcher dort trüb und
langsam durch reichlichen Sand dahinrollte. Einen sehr
einförmigen Ausblick gewährte ringsum die baumdurch-
schnittene Ebene, und nur bei heiterem Wetter konnte
sich das Auge an den tiefen Farben und gefälligen Formen ferner Gebirge ergötzen.

Die Correspondenz, welche die Gräfin durch die
Vermittlung der Albrizzi mit Byron führte, war das
Einzige, was zur Unterhaltung und Erheiterung der
jungen Frau diente, konnte aber, zumal da sie durch
die Unzulänglichkeit der Communicationsmittel sehr
langsam ging, ihrer Lebhaftigkeit nur einen geringen Er-
satz für den persönlichen Umgang bieten. Sie befand
sich bald unwohl, ihr Zustand verschlimmerte sich dann
von Tag zu Tage, und endlich, als der Graf in ihren
wiederholten Klagen immer nur Weiberlaunen erblicken
wollte, entschloß sie sich schnell zu dem Schritt, ihren
in der Romagna weilenden Vater und Bruder zu sich
zu laden.

Eines Abends, als Graf Guiccioli gegen seine Ge-
wohnheit noch spät von Padua nach seinem Schloß zurückgekehrt war, schallten starke Schläge an dem vorderen Portal. Nach einiger Verhandlung des Pfört-
ners mit den Klopfenden öffnete sich das Thor, und

bald darauf trat ein Bedienter mit der Meldung der
Grafen Ruggiero und Pietro Gamba ins Zimmer.
Teresa eilte den Angekommenen sogleich entgegen und
geleitete sie herein.

Ihr Vater, Ruggiero, mochte mit dem Grafen Guiccioli gleiches Alter haben, allein in allem Uebrigen bildete er den lebhaftesten Gegensatz desselben. Er hatte
eine hohe, ehrfurchtgebietende Gestalt, auf welcher ein
scharf geschnittener Römerkopf thronte, mit wallendem
weißen Bart, weißen Locken und weit geschwungenen,
schwarzen Brauen über den tiefen, dunkeln Augen. Pietro, sein jüngster Sohn, war noch ein Jahr jünger als
Teresa, mit welcher er ziemliche Aehnlichkeit hatte, nur
daß sich ihre sanfte, blonde Frauennatur bei ihm mehr
ins Brünette, Männliche übersetzte.

Graf Guiccioli begrüßte die Ankömmlinge mit großer Zuvorkommenheit; er umarmte Beide mehrmals
und drückte seine Freude aus, sie noch in so später
Stunde und auf beschwerlichen Wegen zu seinem Besuch kommen zu sehen. Die beiden Gamba nahmen
diese Versicherungen mit derselben gleichgiltigen Ruhe
wie die herumgereichten Erfrischungen an, dann aber
begann Ruggiero mit der Frage, wie der Graf dazu
komme, seine junge Frau in dies alte Rabennest am
Po zu sperren.

Per Dio! antwortete Graf Guiccioli, durchaus nicht

aus feiner Faffung gebracht, es ift dies ein fehr fchöner
Landfiz, ganz befonders geräumig.

Auf Raum kommt es hier weniger an, Herr Graf,
verfezte Gamba; Raum hatte meine Tochter auch im
Klofter und bei mir zu Haufe. Ich habe fie Ihnen gegeben, damit fie einen Plaz in der Gefellfchaft haben
follte, den fie als Mädchen nicht einnehmen konnte, nicht
aber Plaz auf einem Ihrer Güter. Sehen Sie nur,
wie elend und krank fie durch diefen Aufenthalt aus-
fieht!

Aber mein Gott! lächelte Guiccioli mit einem viel-
fagenwollenden Blick; eine junge Frau! bedenken Sie
doch! kaum verheirathet! haha! wie follte fie gut ausfehen können?

Terefa erhob fich und verließ das Zimmer.

Machen Sie keine Ausflüchte, Herr Graf, fagte Ruggiero ruhig, ich weiß, daß Sie durchaus nicht im Falle
find, eine junge Frau als folche fchlecht ausfehen zu
machen.

Graf Guiccioli wurde blaß und dann wieder roth.
Er hatte fich geärgert, er wurde zornig.

Graf Gamba! rief er, es hat Niemand ein Recht,
fich um meine ehelichen Angelegenheiten zu bekümmern!

Es fällt mir auch gar nicht ein, fagte Ruggiero,
immerfort ganz ruhig, das im entfernteften thun zu
wollen. Ich bekümmere mich um gar nichts als um

8*

meine Tochter, welche ich in der besten Gesellschaft Italiens sehen will, vergnügt, gesund hab — frei! Verstehen Sie mich?

Allerdings . . .

Nun denn, fuhr Gamba fort, dann werden Sie doch wohl nicht glauben, man habe Ihnen Ihre Frau gegeben, damit Sie dieselbe zu Hause lassen und allein Ihren Vergnügungen nachgehen können? Mit nichten! Gehen Sie allem nach, wozu Sie Lust haben, gestatten Sie aber auch dasselbe bei Teresa!

Ich weiß, was Sie sagen wollen, Graf Gamba, versetzte Guiccioli kleinlaut, und würde auch gar nichts gegen die Sitte des Landes gehabt haben, wäre mir nicht ein Fremder und ein Ketzer aufgedrängt worden. Allein Sie werden begreifen, daß ein stolzer und habsüchtiger Engländer als Hausfreund ebensosehr meinen Patriotismus verletzen, als ein Ungläubiger den Frieden meiner Seele stören muß.

Graf Gamba lachte.

Wie freut es mich, sagte er, in Graf Guiccioli alle Eigenschaften eines Patrioten und rechtgläubigen Katholiken zu finden, welche Mißwollende ihm abzustreiten so oft bemüht sind. Ich für meinen Theil hatte nie an Ihrem Haß gegen die habsüchtigen Engländer gezweifelt, allein mit dem Ketzer sind Sie doch wohl ein wenig zu scrupulös. In diesem Fall liegt indeß auch gewiß eine Ausnahme vor. Ich weiß mit Bestimmtheit, daß Lord Byron, der aus einem alten schottischen Königsgeschlecht abstammt, nichts weniger als habsüchtig ist, denn er streut das Gold oft mit vollen Händen aus, und er ist auch nicht stolz, da er mit Leuten aus allen Ständen umgeht. Er ist ferner ein ganz ausgezeichneter Patriot, denn er schwärmt für die Wiederherstellung Italiens so lebhaft als nur irgend möglich, und so müssen Sie ihm denn den Ketzer am Ende schon hingehen lassen, besonders da es zunächst Teresens Angelegenheit ist, wie weit sie es mit ihrem Seelenheil wagen will. Uebrigens, fuhr er, da Guiccioli ihn zu unterbrechen Miene machte, mit einer abwehrenden Bewegung und aus dem seitherigen ironischen Ton in den vollen Ernstes fallend fort, übrigens ist hier das Wohl meiner Tochter das höchste Gebot; sie verzehrt sich in der Einsamkeit, und so verlange ich, unter Androhung anderweitiger Schritte, welche ich sonst als Vater thun müßte, daß Teresa der Gesellschaft, mindestens der Gesellschaft ihres Freundes, wiedergegeben werde. Ich erwarte Ihre Antwort, Graf Guiccioli!

Der also Interpellirte war verwirrt und um eine sofortige Antwort verlegen. Er verlangte Bedenkzeit, um sich nur mit seinem Gewissen einigen zu können, und versprach seine Antwort für den nächsten Morgen.

Unter den üblichen Umarmungen trennte sich dann die Gesellschaft.

Am nächsten Morgen erklärte Graf Guiccioli in Teresa's Anwesenheit den beiden Gamba seufzend, er habe sich mit seinem Gewissen dahin abgefunden, daß er das Freundschaftsbündniß zwischen dem englischen Lord und Teresa dulden wolle, allein um bei der rechtgläubigen Kirche keinen Anstoß zu erregen, nicht öffentlich.

Teresa ist krank, sagte er, krank durch die Einsamkeit und den Mangel an Unterhaltung. Um ihr diese zu gewähren und jene aufzuheben, wollen wir den Lord bitten, uns hier zu besuchen, und Sie, meine würdigen Freunde Pietro und Ruggiero, werden uns hoffentlich auch das Vergnügen Ihrer Gesellschaft auf längere Zeit gönnen.

Je nachdem, versetzte Ruggiero trocken.

Man kam überein, daß Pietro selbst, nach Besorgung eines nothwendigen Geschäfts auf dem oberhalb am Po gelegenen Landsitz der Gamba, einen vom Grafen Guiccioli geschriebenen Einladungsbrief nach Venedig an den Lord bringen solle.

Pietro Gamba war eine noch heftig glühende Jünglingsnatur. Mit seinem Vater und durch ihn in den weitverzweigten Bund des Carbonarismus verschlungen, hatte er, neben seinem Interesse für die Wiederherstellung der Freiheit, Unabhängigkeit und Einheit seines

Vaterlandes, nur noch eine vorwiegende Neigung, die für seine Schwester Teresa. Mit der der Jugend eigenen Ausschließlichkeit sah er indeß auf dem politischen Gebiet nicht weit genug, um zu begreifen, daß, einer so solidarischen Interessenverknüpfung wie die heilige Allianz gegenüber, ein einseitig nationaler Standpunkt unzureichend sei, und war dadurch im Stande, einen sonst auch noch so tüchtigen Bundesgenossen nur aus dem Grund zu verschmähen, weil er seiner Nationalität fremd war; denn, sagte er, Italien muß sich selbst helfen können; kann es das nicht, so ist es des Ziels seiner Wünsche nicht werth; wozu dann die Fremden? Und was seine Schwester anging, so gönnte er sie zwar dem Grafen nicht, allein einem Fremden noch weniger. Dies waren die Gründe, welche ihn seinen Auftrag mit geringer Bereitwilligkeit entgegennehmen ließen, und er brachte ein ungünstiges Vorurtheil gegen den Adressaten seines Briefes mit auf den Weg.

Byron, zu welchem wir jetzt wieder zurückkehren, fühlte sich durch den Umgang und die Theilnahme Trelawney's sehr erheitert. Als ihm Dieser eines Tages den Vorschlag zu einem Ausflug nach dem festen Land hinüber machte, ließ er Pferde für ihn, sich, Tita und Cuno vom Lido nach Fusina schaffen, sie ritten von dort erst am Brentakanal hin und nach La Mira und von da nach Padua weiter, wo sie auf einige Tage ihr

Hauptquartier für fernere Ausflüge aufschlugen. Ihre Unterhaltung drehte sich meist um das Verhältniß des Lords zu der Gräfin, von welchem Trelawney bald nach seiner Ankunft in Venedig unterrichtet worden war.

Der Capitän lachte über eine allerdings possirliche Beschreibung, welche ihm der Lord von dem Grafen Guiccioli machte.

Also bei seinem vielen Geld ein Spieler und Wucherer? sagte er; schöne Eigenschaften das! Da werden die kleineren Laster wohl auch nicht fehlen?

Doch, Capitän! Das ist anerkennungswerth, daß er sich mit Kleinigkeiten nicht abgibt. Er raucht, trinkt und schnupft nicht und macht keine Verse!

Aber etwas anderes thut er! rief der Capitän, was ihn höchst gefährlich macht! Bei der letzten Vereinigung meiner Section wurde vor ihm gewarnt als vor einem Spion des römischen Hofes.

Ganz glaublich! Man sollte aus seinem Schloß am Po — die Gräfin nennt es in ihren Briefen immer nur den Rabenthurm — einen Hungerthurm für ihn machen.

Dies Gespräch wurde in den Straßen der Stadt Padua geführt, in welchen die beiden Freunde eines Nachmittags lustwandelten.

Ach, hier ist der Laden des Signor Cameroni! rief Byron plötzlich innehaltend; lassen Sie uns hier herein-

treten, ich will mein kürzlich erhaltenes Honorar für
den dritten Gesang des Childe Harold, den Gefangenen
von Chillon und Manfred hier deponiren. Sie wissen,
es sind 2400 Pfund, und mit denen kann ich mich doch
nicht lange herumschleppen, obgleich mir noch nie etwas
leichter geworden ist, als das Geld.

Sie traten ein. Das Erste, was ihnen in die Augen fiel, war der Graf Guiccioli, welcher sich in dem
Laden befand. Er und der Lord umarmten sich, dann
stellte dieser Trelawney vor, welcher sich mit einem
halb in seinem Bart verlorenen Lächeln herabbückte,
um die ihm gebotene Hand des Grafen zu ergreifen.

Entzückt, die Herren hier zu sehen! rief Letzterer.
Was führt Sie hierher? Halten Sie Villeggiatura,
Mylord?

Etwas dergleichen, mein theurer Graf. Und Sie?

Ein Freundschaftsbesuch bei meinem theuersten Signor Cameroni! Das ist alles.

Und er drückte die Hand des Bankiers über den
Ladentisch hinüber.

Byron händigte diesem das Geld ein und der Graf
folgte mit begierigem Blick der Aufzählung der namhaf-
ten Summe.

Wie befindet sich Ihre Donna, Signor Conte?

Danke, ganz vortrefflich. Die Landluft behagt ihr
ausgezeichnet. Sie blüht wie eine Rose.

Bitte, machen Sie ihr meine Empfehlung. Abieu, mein theuerster Freund! — A revederci!

Als der Graf an diesem Abend nach Hause kam, fand der schon erzählte Besuch der beiden Gamba statt.

X.

Am folgenden Tag machten Byron und Trelawney
einen Ritt am Po hinauf. Nach etwa zwei Stunden
gelangten sie an eine offene Stelle des Flußufers, wo
auf einer kleinen Anhöhe eine freundliche Villa lag, um-
kränzt von einem malerischen Zug fichtenbewachsener Hügel. Byron fragte einen vorübergehenden Landmann
nach dem Eigenthümer. Der Graf Gamba! war die
Antwort. Byron war bewegt. Trelawney, es bemerkend, hielt an, um den Bedienten eine Weisung zu
geben.

Der Dichter ritt allein eine Strecke am Fluß hinauf, stieg dann ab, und, zwischen den Weiden des Ufers
niedersitzend, schrieb er in sein Taschenbuch die Verse
des schönen Gedichtes:

An den Po.

O Strom, du rollst am alten Schloß dahin,
Wo die Geliebte weilet und am Strand
Hinwandelnd, jetzt vielleicht in ihrem Sinn

Für mich ein flüchtig schwach Andenken fand.
Denn deine tiefe, breitgeschwellte Fluth
Ist ja ein Spiegel für mein Herz und Leib,
Drein sie mag lesen der Gedanken Gluth,
Die, wild und rasch wie du, ich ihr geweiht.
Was sag' ich? meines Herzens Spiegel nur?
Ist deine Fluth nicht finster, schnell entrafft?
So war und ist stets meines Seins Natur,
Und lang war ich gleich dir an Leidenschaft.
Die Zeit bezwang mich, doch auf lange nicht.
Auch du, verwandter Strom, lachst deiner Banden,
Wenn deiner Fluthen Wucht die Dämme bricht,
Doch schwinden sie auch dir, wie meine schwanden.
Doch blieb Zerstörungsspur, und auch jetzt wieder
Rollt unter Lauf hin, wie er einst gerollt:
Du eilest stürmend zu dem Meere nieder,
Und ich — zu lieben, wo ich nicht gesollt!
Der Strom, den ich erblicke, eilet fort
Nach ihrer Heimath, murmelt ihr zu Füßen,
Ihr Blick ruht drauf, wenn sie im Zwielicht dort
Des Meeres Lüfte, harmlos kühlend, grüßen.
Sie wird dich sehn, ich habe dich gesehn
Und dachte dran, und seit dem Augenblick
Magst du im Traum, im Wachen vor mir stehn,
Ein Seufzer kehrt dann stets zu ihr zurück.
Dein Wasser spiegelt ihres Auges Licht,
Sie sieht die Woge, die ich angeblickt,
Doch mir begegnet, selbst im Traume, nicht
Die Welle wieder, die ihr Aug' beglückt.
Die Fluth mit meinen Thränen kehrt nicht wieder.
Kehrt die zurück, an der sie rollt vorbei?
Wir Beide gehn an deinen Ufern nieder,
Ich an dem Quell, am Meer sie, blau und frei.
Doch was uns trennt, sind keine tiefen Wogen,
Kein Raum der Erde, und doch tiefer fließt
Die Grenze, die das Schicksal uns gezogen,

Als unsrer Heimath Land verschieden ist.
Der Fremde liebt des schönen Südens Kind,
Der hinter jenen Bergen fern geboren,
Doch ist sein Blut so heiß, als sei der Wind
Ihm fremd, in dem des Nordens Eis gefroren.
Mein Blut ist südlich heiß! Wär' es nicht so,
Dann lebt' ich noch daheim im Vaterlande
Und trüge nicht, vor Qualen nimmer froh,
Der Liebe, sicher nicht der Liebe, Bande!
Umsonst der Kampf! so will ich denn vergehn,
In Lieb' und Leben bleibend, was ich war!
Ward ich aus Staub, werd' ich zu Staub verwehn,
Dann findet Ruh mein Herz auf immerdar. —

Als er sich erhob und zu Trelawney zurückkehrte, bemerkte Dieser Spuren von Thränen in seinen Augen. Er ging gern auf den Vorschlag des Dichters ein, einige Stunden in dieser malerischen Gegend zu verweilen.

Sie waren bis gegen Abend in der Nähe der Villa am Ufer des Po geblieben und standen im Begriff, endlich zurückzukehren, als sie auf der andern Seite des Flusses einen einzelnen Reiter bemerkten, welcher lang-sam hin- und herritt und eine Furth zu suchen schien. Allein der Fluß war angeschwollen und schlug sich mit lautem Brausen durch die Weidengebüsche hin, welche ihn auf beiden Seiten begrenzten. Endlich trieb der Reiter, ungeduldig, sein Pferd geradeswegs in die Flu-then und wollte es, wie es schien, den Fluß durchschwim-men lassen. Anfänglich ging dies ganz gut; als er sich aber der Mitte und der Hauptströmung näherte, gerieth

er in Wirbel, das Pferd wußte sich nicht mehr zu helfen und wurde unter ihm weggerissen, er selbst blieb
mit dem Sporn des einen Fußes in dem Sattelzeug
hängen; als er sich nun auf seine eigene Schwimmkunst
verlassen wollte, schleifte ihn das in der Strömung trei-
bende Pferd fort, und er war in der augenscheinlichsten
Gefahr, zu ertrinken.

Allein kaum war es von den, auf dem andern Ufer
Zuschauenden bemerkt worden, wie der Reiter den Sat-
tel verlor, als auch der Lord schon seine Oberkleider
abgeworfen und sich in den Strom gestürzt hatte. Ihm,
der vielleicht der geschickteste und ausdauerndste Schwim-
mer seines Zeitalters war, konnte der rauschende Strom
kein großes Hinderniß werden; bald hatte er den Da-
hintreibenden erreicht, ihn von dem Pferde losgemacht
und war im Begriff, ihn um den Leib zu fassen, als
dieser mit einer abwehrenden Bewegung des Dankes
sich herumwarf und nun ebenso den gewandten Schwim-
mer zeigte, indem er fast gleichzeitig mit seinem Retter
vor der Villa ans Ufer kam.

Als er sich dankend zu ihm wenden wollte, unterbrach ihn der Lord freundlich:

Es war Menschenpflicht, nichts weiter. Ich bin
überzeugt, Sie hätten mir und jedem Andern dasselbe
gethan.

Ich danke Ihnen dann nur für die gute Meinung, die

Sie von mir haben, verfetzte der andere, die naffen Locken aus einem schönen, jugendlichen Geficht zurückftreichend, — fieh da, mein Pferd, welches fich nun auch herausgearbeitet hat — aber den Namen meines Retters darf ich doch wohl wiffen?

Was thun Sie mit einem Namen? Laffen Sie uns als unbekannte Freunde fcheiden, und treffen wir uns einmal wieder, fo werden wir uns doch kennen.

Nun denn! rief der junge Mann ungeduldig, etwas werde ich denn doch von Ihnen erlangen können! Sein Sie mit Ihrer Gefellfchaft heute mein Gaft hier auf der Villa meines Vaters!

Graf Pietro Gamba? rief jetzt Byron mit frohem Erftaunen.

Derfelbe!

Nun denn, Ihr Gaft ift Ihnen dann nicht fremd. Mein Name ift Byron.

Ein fchweigender und herzlicher Händedruck erfolgte, dann begab fich Gamba mit feinen beiden Gäften nach der Villa.

Es währte nicht lange, bis fich Gamba einer-, Byron und Trelawney anderfeits, durch verfchiedene Zeichen und Merkmale, als Anhänger des Carbonaribundes erkannten. Denn perfönlich untereinander bekannt waren die wenigften. Die eigenthümliche Organifation des Bundes ermöglichte das und hatte zugleich den

Vortheil, daß eine Entdeckung der Verbindung immer nur eine theilweise sein konnte. Die ganze Gesellschaft war nämlich in Sectionen, Venta genannt, von verschiedener Stärke eingetheilt. An der Spitze jeder Venta stand ein Chef, welcher mit mehreren Führern der andern Venta in eine solche, obere zusammentrat. Aus diesen sonderten sich wieder Einzelne aus, welche in einer höchsten Venta die Leitung des ganzen Bundes übten. So kam es, daß diese Oberen nur die Mitglieder der mittleren Venta theilweise, die der unteren gar nicht officiell kannten, die Mittleren kannten die oberen Chefs und sich untereinander, allein von denen unter ihnen wußte jeder nur um die Leute seiner eigenen Venta, und diese wiederum waren nur unter sich und mit ihrem Führer bekannt. Ein vollständiger Verrath der ganzen Gesellschaft war mithin, auch aus derselben heraus, ganz unmöglich; beträchtlich konnte zwar durch Verrath eines der Mitglieder der oberen und mittleren Ordnung geschadet werden, allein dorthin rückten immer nur Leute vor, deren man ganz sicher sein konnte, und die sich, im Fall einer Verrätherei, des Todes durch einen Carbonaridolch gewiß wußten, so daß der Spionage nichts als der Eintritt in die unterste Reihe übrig blieb, welcher ebenso undankbar als gefährlich war.

Byron hatte, sogleich nach der Erkennung, von Pietro Gamba den Brief des Grafen erhalten und, in der

beften Laune über das bevorftehende Wiederfehen und
die gelungene Rettung, denfelben mit Rückficht auf die
geftrige Begegnung in Padua aufs befte commentirt.
Man kam überein, fchon mit dem nächften Morgen nach
dem Schloß am Po aufzubrechen.

Der Grund, welcher den jungen Gamba noch vor
der Sendung nach Venedig nach der Villa getrieben
und zu dem gewagten Uebergangsverfuch über den Po
genöthigt hatte, war eine Zufammenkunft einer unteren
Venta, welche er, als deren Vorfteher, auf diefen Abend
in einem zu der Villa gehörigen, tief im Gebüfch ver-
fteckt liegenden Sommerpavillon anberaumt hatte.

Byron und Trelawney wohnten diefer Zufammenkunft, welche zwar kein befonderes Intereffe für fie bot,
wie die übrigen Theilnehmer maskirt oder auf fonftige
Weife unkenntlich gemacht bei, und benutzten diefe Gelegenheit, um Trelawney's Diener, den Deutfchen Cuno,
in die Gefellfchaft eintreten zu laffen. Tita war fchon
lange Mitglied und fogar Vorftand einer venetianifchen
Gondolierdenta.

Pietro Gamba hatte plötzlich alle feine feitherige
Abneigung gegen die Fremden verloren; er geftand fich
zu, daß er noch an demfelben Mittag jeden gleichgülti-
gen Deutfchen oder Engländer kaltblütig hätte im Po
ertrinken fehen, ohne einen Finger zu regen, und machte
den betreffenden Rückfchluß auf fich felbft.

Bis spät in die Nacht hinein saßen die drei neuen Freunde beisammen, von der besten Laune des Lords erheitert. Gamba brachte von selbst das Gespräch auf seine vorherige Abneigung gegen die Fremden und seine schnelle Bekehrung. Die Engländer lachten über das aufrichtige Bekenntniß, und nachdem Trelawney seine kurzgefaßte, kosmopolitische Theorie auseinandergesetzt hatte, travestirte sie der Lord durch eine schnell improvisirte Strophe:

> Wem zu Hause der Kampf für die Freiheit versagt,
> Der stelle wo anders den Kragen!
> Er denke an Roms und an Griechenlands Macht
> Und laß' auf den Schädel sich schlagen!
> Für Menschenwohl streiten ist edel und gut,
> So war stets der Ritter gewohnt es,
> Drum fechtet für Freiheit ihr, wo sich's nur thut!
> Strick, Blei oder Adel belohnt es!

Gamba fühlte sich von dem Humor des Dichters eigenthümlich angeregt; er war eine wesentlich pathetische Natur, und das Selbstbewußtsein, welches die Laune erfordert, wurde ihm fremd, sobald er anfing sich zu begeistern.

Man trank in sanguinischer Hoffnung auf das Wohl und die Freiheit aller Völker und Länder, vor allem Italiens. Trelawney und Byron wollten sich mehr von den Italienern versprechen als Gamba, welcher seine Landsleute besser kannte.

Wenn der Ruf, sagte er, mit welchem sich heute Abend die Versammlung trennte, nur bald eine Wirklichkeit würde!

Es war viel gesagt mit wenigen Worten, fiel Trelawney ein, Tod den Päpsten und Priestern! Nieder mit dem Adel!

Und mit den Wucherern und Meuchelmördern! ergänzte Byron.

Tita füllte mit einem behaglichen Grinsen das geleerte Glas des Dichters.

Wenn die Italiener einmal anfangen, fuhr dieser fort, werden sie auch etwas Tüchtiges leisten. Der Muth des Franzosen hat seinen Grund in der Eitelkeit, der des Deutschen im Phlegma, der des Türken im Fanatismus. Der Spanier ist tapfer aus Stolz, der Engländer aus Kälte, der Holländer, weil die Tapferkeit bei ihm einmal hergebrachte Ordnung ist. Der Russe hält aus Gefühllosigkeit den ärgsten Kugelregen aus, der Schweizer steht da in wahrem und gerechtem Patriotismus, aber beim Italiener ist der Zorn die Triebfeder, und wenn die einmal angezogen ist, schnellt sie weit. Sie werden sehen, er wird nichts schonen, wenn er anfängt.

Gamba seufzte, und Trelawney mahnte zum Aufbruch mit Rücksicht auf den für den nächsten Tag bevorstehenden weiten Ritt.

9 *

Der Lord war der Erste, welcher sich am folgenden
Morgen bei guter Zeit auf den Füßen befand; denn
wenn er auch zu Hause den Comfort sehr liebte, so war
er doch in keiner Weise dessen Sklave, und auf Reisen
ließ er nicht gern auf sich warten.

Bald begegnete er seinem jugendlichen Wirth und
ließ sich von diesem, welcher ihn mit aller Zärtlichkeit
eines jungen, zur Freundschaft gestimmten Gemüthes
begrüßte, an allen Plätzen des Hauses und Gartens
herumführen, welche der Aufenthalt Teresa's in ihren
ersten Jugendtagen gewesen waren.

Sie wollte anfänglich nicht ins Kloster, sagte Pietro;
halb in Wald und Feld aufgewachsen, hatte sie einen
Schrecken vor dessen Mauern. Als man ihr aber begreiflich machte, daß es für ihre Erziehung eine Nothwendigkeit sei, fügte sie sich, und gewann dann den
Aufenthalt so lieb, daß es Mühe kostete, sie von dort
zu entfernen, als sie mit dem Grafen verheirathet werden sollte.

Sie hatte also den Grafen vorher gar nicht gesehen?
fragte der Dichter.

Bewahre! versetzte Pietro, mit naivem Erstaunen
über diese Frage; der Graf sah einmal ihr Bild, und
da sie allgemein für sehr schön galt, so hielt er um sie
an. Mein Vater hatte nichts gegen ihn einzuwenden,
denn er ist sehr reich und hatte vorher schon zwei

Frauen gehabt, von welchen man wußte, daß er sie
sehr gut behandelte. Er ließ also Teresina kommen
und gab sie ihm.

Und was sagten Sie dazu? fragte Byron gespannt.

Nichts, denn ich wurde gar nicht gefragt. Allerdings war es mir nicht ganz recht. Ich dachte — es
war der närrische Gedanke eines jungen Menschen ohne
Erfahrung — ich dachte, es sei besser, wenn sie nicht
so verhandelt würde, sondern nach eigner Wahl einen
Mann heirathete, den sie liebte, was doch bei dem Grafen nicht der Fall sein konnte. Was denkt man nicht
alles, wenn man jung ist! Nun, Gott hat es gefügt,
wie er wollte.

Gamba's Diener unterbrach dies Gespräch durch die
Meldung, daß alles zur Abreise bereit sei und Capitän
Trelawney schon zu Pferd sitze. Schnell waren auch
die beiden Andern in den Sätteln.

Tita, Cuno und Battista, ein Diener, den Gamba
von der Villa mitnahm, folgten.

Cuno hatte schon an dem ersten Tag seiner Ankunft
in Venedig eine stille Verehrung für den Lord gefaßt,
welche sich im Lauf der Zeit zu einer Art von Leidenschaft steigerte und durch Tita's Mittheilungen stets ge-
nährt wurde. Dem Lord war dadurch ein zweiter,
nicht minder treuer Wächter seiner Person, als Tita,
geworden.

Die Reiter wurden mit dem freundlichsten Willkomm
empfangen, als sie an dem Schloß am Po anlangten.
Der Graf und seine Tochter, welche sie kommen sahen,
waren ihnen an das Portal entgegengegangen. Ihre
Freude steigerte sich noch, als sie von der Art und
Weise, wie Pietro die Bekanntschaft des Dichters machte,
hörten. Graf Guiccioli hatte sich, um sich die Verlegenheit einer ersten Begrüßung zu ersparen, schon an
demselben Tag unter einem Vorwand für einige Zeit
nach Ravenna entfernt.

Es freut mich, Mylord, sagte der stattliche Graf
Ruggiero Gamba zu dem Dichter, ihm die Hand schüt-
telnd, in einem so guten Patrioten und ausgezeichneten
Poeten auch zugleich den Retter meines Sohnes begrü-
ßen zu können.

Und mich freut es, versetzte dieser, unter dem italienischen Adel so biedere Herzen und stattliche Figuren
zu finden, wie sie das normannische Blut der englischen
Edeln nur irgend aufzuweisen hat.

Trelawney lächelte.

Lachen Sie nur, Capitän! scherzte der Lord, es bemerkend, Sie haben auch schon Carrikaturen auf beides
kennen gelernt.

Was wollen Sie? versetzte dieser, auf den Scherz
eingehend; ist mein hoher Vorgesetzter, Se. Gnaden der

Herzog von Wellington, nicht ebenso groß als Graf
Gamba?

Er übertrifft ihn sogar noch in der Nase! Ein Römer sollte sich das nicht gefallen lassen, Graf Gamba!

Was will man machen? entgegnete dieser launig.
Ich entschädige mich durch meinen Bart. Der Herzog
kann nicht, wie ich, bei seinem Bart schwören, denn soviel ich weiß, hat er keinen.

Der milde Hauch des Vorfrühlings begann jetzt
über der Romagna zu-lächeln, und die kleine Gesellschaft
auf dem Schloß am Po fühlte sich dort auf einmal
so behaglich beisammen, daß die beiden Gamba sich entschlossen, die Einladung des Grafen Guiccioli auf einige
Zeit zu benützen, und Trelawney, der eine Reise poli-
tischer Natur nach Neapel beabsichtigte, sich von Tag
zu Tag halten ließ. Ein glücklicher, geselliger Geist
war auf einmal in dem Rabennest eingekehrt, welcher
umsomehr anhielt, als der Graf Guiccioli seine Rückkunft verzögerte und dabei durch wiederholte Briefe
seine Gäste von seinem Bedauern, sie nicht selbst be-
wirthen zu können, in Kenntniß setzte.

Bei Byron war mit der Nähe Teresa's auch seine
Muse wieder eingekehrt. Er arbeitete fleißig an dem
Don Juan, dessen erste Gesänge bald im Druck erscheinen sollten; aber auch noch ein anderes Thema schwebte
ihm vor dem Geist.

Ueber was sinnen Sie, Gordon? fragte ihn eines Tages die Gräfin, als sie ihn an ein Bogenfenster des westlichen Eckthurms gelehnt und auf die Ebene hinausschauend fand.

Die Umgebung, Teresa, versetzte er, hat mir eine Geschichte, die ich in meiner Jugend las, in Erinnerung gebracht, und ich möchte sie gern in Form der Romanze in meinen Dichtungen haben.

Und welches ist diese Erzählung?

Sie werden sie errathen, wenn ich Sie auf die Scenerie aufmerksam mache.

Nun denn, ich höre!

Ich sehe dies Rabennest nicht wie jetzt, sondern wie es einst war, das Thor geschlossen, Wasser in den tiefen Gräben, die Zugbrücke aufgezogen, ein Wächter mit stets bereitem Horn auf dem Thurme. Im Innern eine wilde Schaar! Trotzig, bärtig, stets in den Waffen, verwünschen sie die kurze Rast, welche ihnen seit einigen Tagen gegeben. Allein sie verstummen, sobald der Blick des vorbeischreitenden Herrn sie trifft, denn der kleine, bärtige Alte hat etwas Dämonisches in seinem Auge. In einem Eckfenster des oberen Geschosses sitzt eine Dame, die junge Gattin des alten Häuptlings. Vor ihr steht ihr Page, ein schlanker Junge, fast noch im Uebergang des Knaben zum Jüngling, allein seiner zarten Gestalt ist eine gewandte Kraft, seinem schönen Ge-

sich eine unternehmende Kühnheit aufgeprägt. So oft
sich ihre Blicke begegnen, haften sie unauflöslich ineinn
ander, denn .

> Es strahlte ihrer Augen Pracht,
> Schwarz wie der Himmel in der Nacht,
> Daraus ein sanfter Schimmer bricht,
> Um Mitternacht ein Mondenlicht.
> Dem Sommersee die Stirne gleicht,
> Auf seinen Grund blickt Sonnenschein,
> Kein Wogenmurmeln ihn durchstreicht,
> Der Himmel spiegelt sich darein.

Das ist das erste Bild!
Ich verstehe noch nichts.

Der erste Morgenstrahl leuchtet über das Schloß,
aber schon ist alles darin geschäftig. Das Thor wird
geöffnet, die Zugbrücke sinkt; weit und grau, einsam wie
nie von eines Menschen Fuß betreten, dehnt sich ringsum
die Ebene, in weiter Ferne von düsteren Waldesschatten
begrenzt. Ein junges wildes Roß, vor kurzem erst ein=
gefangen, wird, in seinen Banden sich bäumend, auf
jenen Hügel geführt. Auf einen Wink des Herrn brin=
gen vier Knechte einen Gefesselten aus dem Schloß und
an das Pferd, sie reißen die Kleider von seinem Leibe, ·
sie schwingen ihn hinauf, im Nu ist er, Rücken an Rü=
cken, mit Stricken an das Pferd gebunden, unter schnel=
len Messern fallen nun dessen Bande, jetzt ist es frei,
in einem Sprung in die Höhe versucht es seine Kraft,

dann fliegt es, unter dem wilden Hallo der Krieger, wie ein Pfeil über die graue Ebene dahin:

> Dahin dahin, und ab und auf,
> Ging's stürmend wie des Bergstroms Lauf.

An einem Fenster des Schlosses hat die Dame, ans Gitter geklammert, dem entsetzlichen Schauspiel zugesehen — jetzt stürzt sie zurück. Das ist das zweite Bild.

Mazeppa! rief die Gräfin.

Mazeppa! das alte Thema von der unendlichen Liebe, der unendlichen Eifersucht, der unendlichen Rache. Das dritte Bild ist nun leicht zu errathen: wie der aufs Roß gebundene Jüngling nach Gefahren und Qualen gerettet wird, wie er mit seiner Freundesschaar vor das Schloß zieht und seine Bewohner in Brand und Blut vernichtet, wie er aber über das Schicksal seiner Geliebten nie ein Wort verliunmt, ihr Bild sein Lebenslang greifbar vor ihm schwebt und ihn noch in dem Augenblick begeistert, da er als Greis seinem Waffengefährten, dem ritterlichen Schwedenkönig, seine Geschichte erzählt:

> In solchem wilden Taumel lieben
> Wir noch im Alter, was geblieben,
> Den Schatten aus vergang'ner Zeit —

Der Dichter schwieg und drückte die Stirne an die Wand.

Was ist Ihnen?

Nichts, Teresina! Es ist vorbei. Ich glaube an
keine Schatten mehr, sagte er, sie heiter anblickend.

Schnell, wie der Plan des Gedichtes gemacht war,
ging es auch mit der Ausführung. In dem östlichen
Eckthurme wurde ein Tisch zurecht gerückt, an welchem
die Gräfin ihren Platz nahm, und die schnell hingewor-
fenen Phantasiebilder des an den Fenstern auf und ab-
gehenden Dichters auf das Papier fesselte, in einer
schönen, runden und fließenden Frauenhand, welche von
der zerhackten, sprungweisen, oft unleserlichen Schrift
Byrons beträchtlich abstach.

Die sanfte Frühlingsluft rief die kleine Gesellschaft
des Rabenthurmes oft hinaus ins Freie. Als sie eines
Tages, der Lord mit Teresa einige Schritte voran, am
Ufer des Flusses hinaufgingen, blieb Byron plötzlich stehen und richtete dann seine Schritte seitwärts nach einer
kleinen Erhöhung, von welcher zwei einzelne, aufgerich-
tete Steine herabblickten.

Die Steine dort, sagte er zu seiner Begleiterin, er-
innern mich an die alten Heldenmonumente in einer
Gegend, wo ich den größten Theil meiner ersten Jugend
verlebte, tief im Norden, Teresina, in Schottland. Ein
einfacher, aufgerichteter Stein ehrte dort einst, unbe-
hauen und unbeschrieben, das Andenken dessen, der auf
der Haide im Kampfe fiel.

Vor den Steinen angelangt, blieb man stehen, und der Lord las laut die Inschriften, welche sie, ohne weitere Verzierung, auf der vorderen, glatt behauenen Seite trugen:

Martini Luigi
Implora pace.

lautete die eine;

Lucrezia Picina
Implora eterna quiete.

die andere.

Wie einfach und wahr! Martini Luigi fleht um den Frieden . . . Lucrezia Picina fleht um die ewige Ruhe. Wer mögen sie sein, sie, bei denen Zeit und Ort ihrer Geburt und ihres Todes, ja, alles bis auf ihren Namen, von dem Gedanken an das Jenseits verdrängt worden ist?

Die Gräber sind alt, sprach Graf Gamba, welcher inzwischen herbeigekommen war, viel älter als ich, doch wenn ihr heute Abend Geduld haben wollt, so will ich euch ihre Sage erzählen, wie sie heute noch im Mund des Volkes lebt.

XI.

Blicken wir einen Moment nach Venedig zurück, um zu sehen, was aus dem verwaisten Palast Mocenigo und seinen Insassen, den biederen Fletcher an ihrer Spitze, geworden ist.

Dieser würdige Mann beschäftigte sich, außer einer sorgfältigen Pflege der Papageien, der Truthühner und des großen Affen Mylords, hauptsächlich damit, die bei ihm zurückgebliebene italienische Dienerschaft seines steten Mangels an Gewogenheit zu versichern. Briefe und Zeitungen schickte er nach Padua, obwohl er in der letzten Zeit wohl wußte, daß der Lord sich dort nicht mehr befinde.

Eines Tages aber wurde Fletcher aufs angenehmste überrascht. An der sonst so lebhaften Palasttreppe, welche nun schon seit vierzehn Tagen so öde lag, wie Fletchers oberer Schädel, ließ nämlich eines Tages wieder eine Gondel an. Allerlei Gepäckstücke, welche auf dem Verdeck der Barke umherlagen, verkündeten einen weit Reisenden, und als dieser, aus der Gondel steigend, seinem Bedienten einen Befehl gab, erklang derselbe in der melodischen Sprache Altenglands.

Fast wäre Fletcher aus der Rolle gefallen und dem Ankommenden von der oberen Flur die Treppe hinab entgegengeeilt doch besann er sich noch rechtzeitig; hielt sich mit Macht an dem Treppengeländer fest und erwartete mit ruhiger Würde auf seinem geziemenden Posten den Besuch.

Dieser, eher mit behaglichem als eiligem Schritt heraufsteigend, war ein Mann von mittlerer Statur und mittleren Jahren. Sein Gesicht hielt zwischen mager und voll die richtige Mitte, sein Teint, animirt und durchsichtig, das glänzende dunkle Auge, das dunkle lockige Haar und der volle, von einem schalkhaften Zug umflogene Mund verleugneten jedoch auf den ersten Blick den ächten Sohn Altenglands und wiesen auf einen Sproß des grünen Erin hinüber. Und so war es; der Fremde war ein Irländer und zwar nach Wellington der berühmteste lebende Irländer, der Dichter Thomas Moore. Ein Triumvirat stand damals und steht jetzt noch an der Spitze der letzten Glanzepoche der englischen Literatur, in welchem jede der drei von Großbritannien umfaßten Nationalitäten vertreten ist: der Engländer Byron, der Schotte Walter Scott, der Irländer Thomas Moore.

Wer von ihnen war der Größte? Ebenso gut könnte man Rose, Distel und Kleeblatt in Vergleich ziehen wollen! Lord Byron war im In- und Ausland am schnellsten berühmt, nicht weil er den hohen aristokratischen Namen trug, nicht wegen des Interesses, welches seine eigenthümlichen Schicksale erregten — das kam alles nur in zweiter Reihe nach dem Ausdruck, den er der Empfindung seines Zeitalters gab, dieses Zeitalters, welches, aus einer civilisirten Barbarei erwacht, die Ideale des Wahren, Guten, Schönen vor sich gestellt sah, daran glaubte, danach haschte und nach den vergeblichen Versuchen, sie zu erreichen, sich in Verzweiflung gegen sich selbst wandte. Er war der Poet eines in der modernsten Sprache lächerlich gewordenen Begriffes: des Weltschmerzes, des ungelösten Widerspruchs zwischen Können und Wollen, der Faustischen Zerrissenheit zwischen Welt und Geist. Und weil er diese Zerrissenheit selbst erlebte und durchkämpfte, deswegen war er so wahr, deswegen wirkte sein Wort so elektrisch auf die Massen. Denn was boten seine Gedichte vor dem letzten, größten Werk, dem Don Juan? Immer dieselben zerrissenen Männerseelen, immer dieselben sillbrütenden, unendlich liebenden, orientalischen Weiber, und doch immer etwas Neues, Wahres, Entzündendes. Hier und da ein Anklang aus der Classicität in den romantischen Stoff gewoben, ein Drama von fehlerhafter An-

lage und unbefriedigendem Schluß — und dennoch!
Byron und wieder Byron! seufzte alles, was nur halb-
wegs ein Stückchen Gemüth hatte.

Und Walter Scott! Er stand außer jenem moder-
nen Zauberkreise; die schottische, ritterlich gerüstete Distel auf der nordischen Haide empfand nichts von dem
heißen Wehen des Hauches, welcher den Süden durch-
strich. Wenigen seiner damaligen und jetzigen auslän-
dischen Leser ist es bekannt geworden, daß er, ehe er
seine Romane schrieb, jahrelang auf dem Dichterroß
saß und vortreffliche Romanzen dichtete, bis er einem
größeren Genius jenen Platz räumte und auf sein eigent-
liches, fruchtbares Terrain der pragmatischen Roman-
dichtung niederstieg. Aber auch dort blieb er der streng
romantischen Dichtung treu, und, wie Byrons letzter
Grundgedanke immer der Weltschmerz ist, so tönt uns
bei ihm immer und immer wieder der mittelalterliche
Apparat entgegen von:

> Wappen, Schild, Schwert, Helm und Lanzensplitter,
> Riesen, Drachen, Feen, Zwerg und Ritter.

Er singt, wie er selbst sagt:

> Von Thaten aus vergess'nen Zeiten,
> Von langvergangnen Fehdestreiten,
> Von Wäldern, die nun hingestreckt,
> Von Burgen, drein der Rabe heckt,
> Von Sitten, die dahin.

Moore, der jüngstverstorbene, hat fast alle seine Genossen aus jener glänzenden Dichtepoche zu Anfang dieses Jahrhunderts der Lebenszeit nach überdauert, aber
kein Stäubchen seines eigenen Ruhmes überlebt. Er,
der Heitere, Gefällige, Formgewandte, der Anakreon
seiner Zeit, ist mit dem letzten, größten Lorbeerkranz,
den er um das Haupt seines Freundes Byron schlang,
selbst bekrönt, ins Grab gesunken. Allein seine reizen-
den Liebeständeleien, seine herrlichen Spiele mit der
lichten Seite unseres Daseins haben nicht seinen Ruhm
begründet, und ebenso wenig that es seine reiche Phantasie, welche uns mit in das Gebiet orientalischer Sa-
genwelt nimmt und mit unwiderstehlicher Macht gebietet: hier bist du jetzt zu Hause! sondern die biedere,
patriotische Treue that es, mit welcher er die poetischen
Klänge und Klagen seines Vaterlandes wiederzugeben
verstand. Und das grüne Erin wußte es ihm zu danken, seine Popularität war dort unbegrenzt, und wenn
Scott in gleicher Weise die Genugthuung hatte, in seiner
bekannten Geldverlegenheit durch eine patriotische Samm-
lung gedeckt zu werden, so passirte es Moore, daß ihn,
als er in Belfast plötzlich im Theater erkannt wurde,
ein donnernder Beifallssturm des zahlreichen Publikums
begrüßte und er, keiner Worte mächtig, nur mit Thränen in den Augen und die Hand auf der Brust, zu
danken vermochte.

Diese drei Dichterkönige, unbekümmert um den Streit, welcher von ihnen der Größte sei, lebten als Freunde neben einander, jeder bereit, dem andern die Palme zu gönnen.

Moore, von Byron mehrfach nach Venedig zu Gast geladen, schlug auch in deffen Abwefenheit fein Quartier im Palaft Moccnigo auf, wobei ihm Fletcher mit der größten Zuvorkommenheit behülflich war. Letzterer nahm diefe Gelegenheit wahr, um fein leidenvolles Herz einmal auszufchütten..

Ja, Sir, fagte er, als der Dichter auf die Piftolengefchichte anfpielte, es ift ein Fluch, daß wir nicht in die Ordnung kommen follen, fo lange wir in diefem verwünfchten Lande find. Ich verfichere Sie, und Gott ftrafe meine Seele, wenn es nicht wahr ift, daß wir feit unferer zweiten Abreife und nachdem wir einmal den Rhein verlaffen, kein ordentliches Stück Fleifch gegeffen und feit Genf keine rechtgläubige Kirche gefehen haben.

Empörend! verfetzte Moore, aber fagen Sie, Fletcher, ich denke doch, Sie find bei Mylord nie viel Befferes gewohnt gewefen.

O, was das anbetrifft, fo habe ich allerdings manches durchgemacht. In Portugal, Spanien und Griechenland haben wir vieles ausgeftanden, aber Mylord war damals jung und auf feiner erften Reife, und ein

Gentleman muß seinen wilden Hafer säen, Sir. Auch, halte man die Aussicht, endlich nach England zurückzukehren. Aber jetzt ist's damit aus, Mylord setzt die Jugendstreiche fort und denken Sie, in diesem fremden Lande! Was müssen die Leute von uns denken! Wenn noch in England — gut! da weiß man, was man vor sich hat, ich darf sogar sagen, solche Dinge kommen dort öfter vor, allein man ist unter sich, man weiß, wie weit man gehen kann . . .

Aber Fletcher, unterbrach Moore, wenn Ihr Herz so sehr an England hängt, warum kehren Sie nicht dahin zurück? Mylord wird Sie nicht gegen Ihren Willen halten.

Allerdings hängt mein Herz an England und ich habe meine Familie dort. Aber Mylord verlassen, Sir! nein! nur mit dem Leben!

Und wenn er nicht nach England zurückkehrt?

Bleibe ich hier. Ich habe ihn groß werden sehn und nur der Tod soll uns trennen. Ach, die unselige Miß Mary. Hätte sie ihn geheirathet und nicht den Herrn Musters! Von da an ging es los auf der alten.. Abtei. Da waren noch einige bei ihm, besonders Herr Mathews, der war der Aergste. Er glaubte an keinen Gott, nicht einmal an einen Teufel, und wenn Jemand mit ihm darüber stritt, wußte er es immer so einzurichten, daß es aussah, als ob er Recht hätte. Sie

spielten mit den Knochen und Köpfen, die in dem un-
terirdischen Gewölb lagen, Fußball, zuletzt fingen sie
sogar an, aus den Schädeln zu trinken, wobei sie die
alten Kutten der todten Mönche anzogen, natürlich immer nur in der Nacht, denn am Tag lagen sie gewöhnlich in den Betten bis gegen Abend, und wenn sie einmal früher aufstanden, so geschah es, um zu raufen
und zu balgen. Mylord und Herr Mathews waren
immer vorn dran, Mathews war der Plaisirrath. Gott
segne seine Seele! er ist ertrunken, todt, er war gerade
ein Herr wie Herr Shelley, ebenso ungläubig. Es wäre
ein Räuberleben gewesen, hätten nicht Gentlemen es aufgeführt. Und ich mußte zuweilen auch mitmachen, ich
mußte zum Beispiel Mylords großen Hund begraben
helfen, wobei Herr Ebrlestone den Feldprediger spielte
und Herr Noël Long die Kerzen hielt, denn es war in
der Nacht, Sir, oder vielmehr früh am Morgen.
Mylord und Herr Mathews boxten sich unterdeß ein
wenig.

Und wie war es mit den Mädchen, Fletcher?

– Nicht so arg, Sir, als man es gemacht hat, Gott
strafe meine Seele, wenn das nicht wahr ist! nicht so
arg. Es waren einige Mädchen zur Aufwartung da,
die durften manchmal ein wenig Claret mittrinken in
der Kapelle. Gott segne meine Seele! das war alles.
Herr Mathews pflegte sie dann zu gutem Lebenswandel

und Sittsamkeit zu ermahnen, denn, sagte er, Tugend
ist ein so schönes, aber stellenweise gebrechliches Möbel,
daß man sich gar nicht genug beeilen kann, es bei guter
Zeit sicher über den Weg zu bringen, wobei er dann
immer lachte und ich meistens nicht recht wußte, was er
eigentlich halte sagen wollen. Herr Noël Long war der
Ordentlichste unter ihnen. Er stand gewöhnlich erst auf,
wenn es schon ganz dunkel war, im Sommer nämlich,
machte gar nicht viel und war um Mitternacht betrunken, worauf er begraben wurde, wie sie es nannten, das
heißt zu Bett gebracht. Herr Mathews machte ihm
dann öfters den Mund auf und leuchtete mit dem Licht
hinein, um, wie er sagte, zu sehen, ob Herrn Longs
Geist unterdeß Arme und Beine bekommen habe. Einmal übersetzte er den Andern bei Tisch ein deutsches
Schauspiel, welches von einer abscheulichen Räuberbande
handelte, und machte dann Herrn Long, als er wieder
betrunken war, weiß, er befinde sich in diesem Augenblick in einem dicken Wald in Deutschland bei jenen
Räubern, und zwar alles so lebhaft, daß Herr Long
später, da ihm überhaupt sein ganzer Aufenthalt auf
der Abtei nur wie ein wüster Traum vorkam, nie recht
wußte, ob er wirklich einmal in Deutschland gewesen
sei oder nicht. Herr Mathews verstand mehrere Sprachen und liebte es, in ihnen durcheinander zu sprechen,
was sehr possirlich lautete. Manchmal fluchte er unter

großem Beifallgeschrei der andern in sechs Sprachen
der Reihe nach ganz gotteslästerlich, Gott segne seine
Seele!

Wie konnten Sie aber das alles aushalten,
Fletcher?

Nun, versetzte der Kammerdiener treuherzig, man
mußte doch auch manchmal mitlachen, besonders wenn
Mylord den Teufel beschwor, worauf gewöhnlich ein
Gespenst mit Hörnern erschien, unter dem zuletzt eins
von den Mädchen herausgezogen wurde. Das Schlimmste,
was Mylord machte, war, daß er die eine, Ellen hieß
sie, einmal in Männertracht mit nach Bath zu einem
Pferderennen nahm und dort für seinen jüngeren
Bruder ausgab, denn als sich eine vornehme Dame mit
diesem jüngeren Bruder unterhalten wollte, brachte sie
ihre Antworten in einem so verwünschten Provinzial-
dialekt vor, daß man gleich denken konnte, woran
man war. ·

Ein gutes Debüt in der Gesellschaft! lachte Moore,
immer noch im Ankleiden begriffen, und was geschah
darauf?

Der Lord wurde zornig und jagte das Mädchen
nach Hause. In seiner Wuth verzehrte er dann von
einer Frühstückstafel vor der anberaumten Zeit den
größten Theil einer geräucherten Zunge, und als ihn

nachher die Dame, welche das Abenteuer mit dem jüngeren Bruder gehabt hatte, über die Zunge zur Rede
stellte, gab er ihr zur Antwort: ´Ich dachte, Madame,
daß es der Gesellschaft in I h r e r Gegenwart an Zunge
doch nicht fehlen werde.

XII.

Als sich die Gesellschaft auf dem Schloß am Po an dem Abend nach dem beschriebenen Spaziergang wieder zusammengefunden hatte, machte Graf Gamba die versprochene Erzählung.

Zur Zeit der inneren Wirren unseres armen Vaterlandes, begann er, zur Zeit, wo kleine Despoten und Republiken in ewigem Haber mit sich und der Welt lagen, die besten Bürger verbannten oder tödteten, und der große Florentiner Dichter fern von seiner Heimath ein Grab suchen mußte, lebte in geringer Entfernung von hier, in der Stadt Rovigo, ein Waffenschmied, dessen Stahl so hart, dessen Spangen so glänzend waren, als irgendwo in der ganzen Lombardei welche gefunden wurden. Kein Wunder, daß in den Tagen, wo eine gute Rüstung fast ebensoviel werth war als heutzutage ein tiefer Beutel voll Geld, die Edlen aus Venedig und Padua wie aus der Romagna und der Lombardei nicht selten bei Meister Giacomo einsprachen, und die geist-

lichen Herren, die, da fie nach dem Recht der Kirche
kein Blut vergießen durften, in der Schlacht mit
Streitkolben dreinschlugen, waren darunter nicht die
wenigsten.

Meister Giacomo war noch in seinen besten Jahren
und hatte in seinem schönen und wohlgeordneten Haus-
wesen eine hübsche jugendliche Frau, die ihn jedoch ohne
Kinder ließ. Eines Tages hielt ein hoher Kirchenprä-
lat mit seinem Roß und Gefolge vor der Thüre des
Meisters, saß ab und erkundigte sich, hereintretend, nach
den fertigen Rüstungen. Unter mehreren wählte er sich
die stärkste, welche, zugleich auch die schönste und kost-
barste, reich mit Gold ausgelegt war, und bezahlte sogleich den verlangten Preis in baarem Gelde, ohne um
einen Scudo zu handeln. Giacomo, dem dies selten
vorkam, machte große Augen auf den hohen Herrn, und
als ihn Dieser nun, ihn in eine Fensternische ziehend,
fragte, ob er ihm für gute Entschädigung einen geringen
Dienst leisten wolle, sagte er es zu. Nun hieß der
Fremde sein Gefolge einstweilen weiter reiten und nur
einen Diener zu sich herein und in ein Zimmer hinter
der Werkstatt treten. Dort nahm er unter dessen Mantel etwas wie ein großes Bündel hervor, schlug eine
Decke zurück, und zu dem Erstaunen des Meisters lag
ein bildschönes, einige Jahre altes Mädchen da, welches
ihn mit großen blauen Augen freundlich anlächelte.

Wollt Ihr das Kind, Lucrezia ist sein Name, bei Euch behalten, Meister Giacomo, sagte der geistliche Herr, und christlich auferziehen, so ist einstweilen dieser Beutel mit Gold Euer, und jährlich werde ich kommen, um nach dem Mädchen zu sehen und Euch weitere Unterstützung zu bringen.

Dem Meister, der, grade weil er keine Kinder hatte, ein großer Kinderfreund war, gefiel die kleine Lucrezia noch besser als das Gold, er hätte sie auch ohne das Gold genommen; so nahm er nun beides und bedauerte nur, daß das Kind nicht ein Junge war, den er in der Führung seines Hammers hätte unterrichten können. Seine Frau war dagegen mit dem Mädchen um so zufriedener; es galt für das Kind einer entfernt verstorbenen Verwandten, und jemehr es in Ehrbarkeit und Sitte heranwuchs, desto mehr versprach es, die schönste Zierde der Stadt Rovigo unter allen ihren Jungfrauen zu werden. Nur eins war sonderbar, nämlich daß weder der Fremde noch sein Diener etwas Weiteres von sich hören ließen. Indeß machten sich Giacomo und Marietta nichts aus dem Außenbleiben der versprochenen Subsidien, denn nicht einmal den Beutel mit Gold hatten sie angerührt, sondern hofften, ihn dereinst Lucrezia als eine schöne Ausstattung mitzugeben und ihr am Ende gar ihre ganze Habe zu hinterlassen.

Unter solchen Umständen war Lucrezia sechzehn Jahre

alt und das schönste Mädchen vok ganz Rovigo geworden; die allgemeine Bewunderung für ihre Schönheit
steigerte sich noch durch das bei uns so seltene tiefe
Blau ihrer Augen, und sie wurde wegen dieser ihrer
Aehnlichkeit mit unseren nordischen Nachbarn gewöhnlich: die Deutsche, la Tedesclm, genannt, oder auch,
was noch besser lautete: die Blume von Rovigo.

Die Blume von Rovigo war also wie gesagt sechzehn Jahre alt geworden und hatte, ihrer Schönheit
und voraussichtlichen Mitgift wegen, schon Freier die
Menge gehabt; es gefiel ihr aber keiner so gut, daß sie
für ihn hätte ihre Pflegeeltern verlassen mögen, welche
sie in ihrem freien Willen ganz unbeschränkt ließen.
Eines Tages geschah es nun, daß bei Ferrara ein hitzi-
ges Gefecht zwischen zweien der vielen, damals in Italien streitenden Parteien vorfiel. Ein Theil der Unter-
liegenden flüchtete durch Rovigo, und plötzlich hielt auch
der alte Diener, welcher vor Jahren dem Ueberbringer
des Kindes gefolgt war, mit einer Reiterschaar vor .
Meister Giacomo's Thüre. Sie halfen einem jungen,
am Kopfe verwundeten Ritter vom Pferde und trugen
ihn in das Haus.

Nehmt ihn auf, Meister! rief der Alte, verbergt ihn
und pflegt ihn; es soll Euch reichlich gelohnt werden.
Hier ein Beutel für Euch; bald komm' ich wieder! Und
damit waren die Reiter im Nu verschwunden.

Der Meister säumte nicht zu thun, wie er geheißen,
denn er war ein Menschenfreund, und was er that,
war nicht sein Schaden. Zu besonderer Theilnahme
für den jungen Ritter stimmte ihn aber auch noch der
Umstand, daß derselbe eine von Meister Giacomo's
eigener Hand gefertigte Rüstung trug und zwar dieselbe,
welche ihm vor Jahren der Fremde für so schweres
Gold abgelauft hatte. Es war ein braves Waffen,
denn es hatte vor vielen Hieben und Stichen, deren
Spuren es noch frisch zeigte, seinen Träger im letzten
Gefecht geschützt; allein der Helmbund mußte ihm
irgendwie gesprungen sein, denn der Helm hing auf der
einen Seite unverletzt herab, während ein Schwertstreich
auf das bloße Haupt gefallen war.

Was das Werkzeug nicht kann, kann der Meister,
dachte Giacomo, als er den Ritter vor den Verfolgern
sicher verbarg und an seiner nicht gefährlichen Wunde
die Heilkünste anwandte, deren damals jeder Waffenschmied einigermaßen mächtig sein mußte. Als in einigen Tagen das Kriegsgetümmel verhallt war, konnte
auch der junge Ritter sein Lager verlassen, allein Wer
wußte, ob alle Straßen nach dem Schloß in der Romagna, welches er seine Heimath nannte, für einen einzelnen Reiter sicher waren? Er harrte also der Rückkehr seines alten Dieners, und die Wartezeit ward ihm
nicht lange, denn er fand im Gespräch mit der Blume

von Rovigo und im Anblick ihrer blauen Augen den
allerbesten Zeitvertreib. Wie er zu der Rüstung gekommen? Je nun, sie war ihm eben, als man ihn zum
Ritter schlug, zugetheilt worden, und Meister Giacomo
schloß daraus mit Sicherheit, daß der fremde Geistliche
todt sein müsse, da er eine so werthvolle Gabe in jenen
kriegerischen Zeiten gewiß bei Lebzeiten keinem Andern
überlassen haben würde.

Es kam nun, daß die seither so spröde bella To-
desca ein ebenso großes Wohlgefallen an dem jungen
Ritter fand, als er an ihr; sie waren bald unter sich
und mit den Pflegeeltern einig, und der Jüngling schickte
einen Boten nach Hause, um zu verkündigen, daß er
demnächst mit einer jungen Frau auf dem Schloß seiner
Ahnen einziehen werde.

Alles wurde zu einer unverzüglichen Vermählung
hergerichtet, der Kirchgang gemacht, und das unauflös-
liche Band war durch die Hand des Priesters geknüpft;
er sprach grade das Amen, als plötzlich schnelle Huf-
schläge vor der Thür der Kapelle ertönten, dann stürzte
ein athemloser, staubbedeckter Reiter herein und rief mit
matter Stimme: Signor Luigi!... haltet... haltet...
ein! Lucrezia... ist... Eure Schwester!

Ein allgemeiner Tumult und Schrecken entstand,
nur Luigi trat gelassen und lächelnd zu dem Angekommenen hin, in welchem Meister Giacomo bereits jenen

alten Diener erkannt hatte. Du schwärmst wohl, Antonio! sagte Luigi, aus Freude, deinen Verwundeten
Herrn im Hochzeitsgewand wiederzufinden. Wie ist es
möglich, daß Lucrezia Picina, die Tochter einer Base
des ehrsamen Bürgers und Waffenschmieds Giacomo,
der hier neben mir steht, die Schwester sein soll von
Martini Luigi vom Schloß Pontecorvo in der Romagna!

Leider! leider, Herr! stöhnte Antonio zur Antwort.
Signor Luigi di Pontecorvo ist nur Euer Pflegevater,
der Euch aus den Händen Eures wirklichen schon vor
Jahren selig verstorbenen Vaters, seiner Eminenz des
Cardinals Romano, ebenso empfangen hat wie Meister
Giacomo die Signora Lucrezia. Der Cardinal durfte
ja seine Kinder der Welt nicht zeigen.

Alle Anwesenden standen starr, als Meister Giacomo
den einen Umstand bestätigte und Antonio den andern
durch richtige Documente unbestreitbar nachwies. Die
beiden Liebenden versanken in die größte Traurigkeit,
denn das Band, welches sie aneinander fesselte, und
ihre aufs höchste gesteigerte Neigung waren ebenso wenig zu vernichten als die Schranke, welche sie vonein-
ander hielt. Noch in der Kirche hielten sie ein leises
Zwiegespräch und mußten darin beschlossen haben, miteinander zu sterben, denn als sie darauf aus der Kapelle getreten waren, umarmten sie sich noch einmal,

dann zog Martini seinen Dolch und durchstieß, ehe es die Anwesenden hindern konnten, erst seine Gattin und Schwester, dann sich selbst.

Trotz dieses Selbstmordes wurden sie an der geweihten Stelle, grade da, wo sie gestorben waren, neben einander begraben. Die Kirche und die anderen Gräber sind im Laufe der Zeit verschwunden, allein die beiden Steine, welche an das Geschick der unglücklich Liebenden mahnen, sind geblieben, und Wer vorbeigeht, betet ein Ave Maria für ihre Seelen, denn im Volk herrscht der Glaube, daß diese Steine so lange stehen werden, bis sie durch Fürbitten erlöst sind und dann, wenn ihre Seelen gereinigt in den Himmel emporsteigen, diese stummen Zeugen von selbst verschwinden und versinken müssen.

Eine lange und tiefe Pause folgte, als der Graf seine Erzählung geschlossen hatte. Dann fragte der Dichter:

Und konnte der Papst, als die höchste Macht der katholischen Christenheit, das verhängnißvolle Band nicht scheiden?

Er konnte sie trennen, aber das Sacrament nicht lösen, versetzte der Graf, weil es göttlicher Einsetzung ist.

Und wenn! sagte Teresa, die frevelhafte Neigung

zwischen Bruder und Schwester hätten alle Päpste der Welt nicht lösen können.

Sonderbar, daß der Graf noch nicht zurück ist, warf nun Pietro ein, heute ist sogar sein gewöhnliches Entschuldigungsschreiben ausgeblieben.

In der That! sagte der alte Gamba, ich hatte es bis jetzt noch nicht vermißt. Er scheint etwas Besonderes im Schilde zu führen.

Lupus in fabula! rief der Lord, ich glaube, er kommt eben.

Wirklich hörte man vom Thor herauf das Geräusch von Ankommenden, und Pietro Gamba, welcher hinausgegangen war, meldete, Graf Guiccioli sei soeben in Begleitung eines Fremden angekommen und vom Pferd gestiegen.

Mit einer unbestimmten Ahnung ging der Lord nach der Treppe, und im Augenblick darauf lag er in den Armen des langersehnten Freundes Thomas Moore. Hinter demselben stand Fletcher.

Fletcher! sagte Byron, ihn bemerkend, eigentlich gehörst du in den Palast Mocenigo! ... Indeß ... willkommen, alter Freund!

Er reichte ihm die Hand, welche der Diener an seine Lippen drückte. Dann wandte sich dieser ab und fuhr mit der Hand über die Augen.

Warum haſt du den Affen nicht mitgebracht, Fletcher? rief der Dichter.

Ich dachte, es wäre an mir genug, verſetzte der
Kammerdiener in weinerlichem Ton.

Ein ſchallendes Gelächter der drei Engländer be-
lohnte dieſe naive Antwort und verpflanzte ſich bei ihrer
Uebertragung ins Italieniſche auch auf die übrige Ge-
ſellſchaft, welche ſich mittlerweile um die Ankommenden
geſammelt hatte.

Um die gemeinſchaftliche Ankunft Guiccioli's und
Moore's zu erklären, müſſen wir einen Schritt in un-
ſerer Geſchichte zurückthun.

Als der Graf Guiccioli das Schloß am Po verließ,
hatte er allerdings Geſchäfte in Padua bei ſeinem Freund,
dem Signore Cameroni; allein nachdem dieſelben been-
digt waren — und zwar geſchah dies durch Erhärtung
der Thatſache, daß das von Lord Byron fundirte Geld
noch dort ſtand —, eilte er möglichſt ſchnell nach Venedig zu ſeiner Freundin, der Signora Mammoni, während von Padua aus ſeine, zum voraus geſchriebenen
Entſchuldigungsbriefe alle Tage auf ſeinem Schloß ein-
trafen.

Nun, nun! ſpottete die Signora, nachdem ſie den
Grafen empfangen hatte, Sie ſind von Venedig wegge-
zogen, um es Ihrem Freunde recht bequem zu machen?

Hier war er nur Ihr Nachbar, am Po ist er Ihr Hausgenosse.

Ja, Signora Mammoni! versetzte der Graf kaltblütig. Wie lange denken Sie wohl, daß er es bleiben werde?

Bis Sie ihn zum Genossen ihres Kirchhofs gemacht haben, denke ich. Ist das nicht die Meinung?

Nein, Signora!

Wozu Verstellung? A propos! Sie wissen wohl noch nicht, daß kurz nach Ihrer Abreise vor Ihrem Palast ein Leichnam aus dem Kanal gezogen wurde, mit einer breiten Stichwunde vorn in der Brust? Menschenkenner haben in ihm einer Ihrer romagnesischen Angesessenen erkannt, welcher ein nicht unvortheilhaftes Renommé als Sbadassin hatte. Man vermuthete, der Arme sei ein Opfer seiner Berufstreue geworden. Ich denke, er hat einen unglücklichen Versuch gemacht!

Und wenn dem so wäre?

Warum wiederholen Sie den Versuch nicht? Sie haben ja jetzt die beste Gelegenheit.

Offen gestanden, wertheste Signora, das wäre auch schon geschehen, wenn ich nicht mit Bestimmtheit wüßte, daß das verwünschte Messer, welches meinen armen Pietro getroffen, in einem gewissen Fall meiner Brust sicher wäre. Deswegen, Signora, wenn Sie wirklich mein Bestes wollen, so wünschen Sie nicht allein meinem

Freund nichts Böses, sondern beten Sie, daß ihn bei
seinem tollen Reiten, Schwimmen und Fechten kein Unglück treffen möge, wie ich stündlich fürchte, denn, stol-
pert sein Pferd, faßt ihn ein Strudel, trifft ihn ein
Schlag — mich trifft alles mit.

Nun erst verstehe ich Sie, mein würdiger Freund,
sagte die Signora; wirklich, Sie sind ein edler Mann,
der Jedem das Beste wünscht. Und was gedenken Sie
nun zu thun?

Ich wollte mich bei Ihnen Raths erholen, meine
schöne Freundin.

Danke, Sie wissen sich gewöhnlich selbst zu helfen.
Indeß kann ich Ihnen doch eine Nachricht mittheilen,
welche für Sie nicht ohne Interesse sein wird. Gestern
ist ein Freund von Mylord hier angekommen und im
Palast Mocenigo abgestiegen. Er will ihm nachreisen,
wird also die Zahl Ihrer Gäste auf dem Schloß am
Po vermehren.

Der Graf wurde nachdenklich.

Schön, sagte er dann; kann man nicht seine Bekanntschaft machen?

Herr Hoppner müßte ihn grade noch heute Abend
zu Signora Benzoni führen, denn morgen will er nach
Padua weiterreisen.

Und läßt sich das vermitteln?

Nichts leichter. Man läßt ihm den Vorschlag ma-

11 *

chen, wegen gemeinschaftlicher Reise nach dem Schloß
mit Ihnen zusammen zu kommen.

Vortrefflich. Und Sie, Signora! würden Sie es
nicht als Menschenpflicht erachten, ihn über gewisse Verhältnisse ins Klare zu bringen? Er wird dann seinem
Freunde besser rathen können.

Ich verstehe Ihre Meinung noch nicht, Herr Graf!

Nun! es wäre doch Schade, wenn ein so großer
Dichter auf die Dauer seine Zeit auf einem Schloß am
Po vertrödeln sollte! Und wofür? Einem hübschen Ge-
sichtchen zu lieb, welches jetzt Gefallen daran findet, ihn
zu reizen, und morgen vielleicht schon einem Andern nach-
blickt. Das ist keine geistige Nahrung für ihn.

Vortrefflich! ich kenne nun den Ton, es ist Moll.
Und Sie, Herr Graf, werden Dur spielen?

Ich weiß wirklich noch nicht. Jedenfalls eine Ton-
art, in welcher Sie mir zuweilen widerstreiten können.
Also auf Wiedersehen, meine theuerste Freundin.

A revederci! Doch, Graf, noch ein Wort! Wie ist
es denn mit dem Geld des Engländers?

Welchem Geld?

Das bei Cameroni reponirt ist!

Hat er Geld bei Cameroni deponirt?

Graf! rief die Dame. Wir sind Bundesgenossen,
zufällige Bundesgenossen, und ich verlange Aufrichtig-
keit und offenes Spiel. Ich habe auch meine Quel-

len und weiß, was ich weiß. Sie speculiren auf dieses Geld.

Nun, ja denn, werthefte Freundin, ereifern wir uns nicht! Ich wollte Sie mit einer so angenehmen Kunde überraschen, nachdem alles besorgt. Da Sie indeß davon wissen . . .

Kurz! Was wollen Sie?

Ich will durch meine Frau den Lord bitten lassen, das Geld, statt bei Cameroni, meinem Freunde, bei mir zu deponiren, wo es sicherer sei, in der That sicherer.

Ist das Alles?

Das ist Alles.

Recht schlau. Thut er es, so ist das Geld allerdings aufgehoben, und eine so bedeutende Summe genügt, Graf Guiccioli, um nicht allein Ihr Gewissen, sondern auch Ihren Zorn zu beschwichtigen, dafür kenne ich Sie. Thut er es nicht, so ist das ein Grund, sich mit ihm zu überwerfen, und das übrige findet sich — später. Eines Tages wird der bewußte Gondolier verschwinden — dann —

Signora, wohin kommen Sie? Sie nachtwandeln!

Gut! Ich sehe noch mehr kommen. Die Geldfrage wird eine Spaltung zwischen ihm und Teresa machen — und —

Wie es Gottes Wille ist.

Amen.

Also heute Abend. — Man wird sich mit dem Engländer einfinden.

Moore erstaunte nicht wenig, als er durch Hoppner
die Einladung zu einer Abendgesellschaft der Signora
Benzoni erhielt, mit dem besonderen Bemerken, Graf
Guiccioli wünsche dort seine Bekanntschaft zu machen,
um ihn am nächsten Tag persönlich zu dem Dichter zu
geleiten.

Sonderbare Dinge! murmelte er für sich, als er
sich mit Fletchers Hülfe ankleidete. Die Ehemänner sind
also hier ein Gattungsbegriff für alle Arten von dul-
dender Liebenswürdigkeit! Ein schöner Epigrammstoff! —
hm! Wie? Komm! ja! — so!

Komm, komm, sprach Thoms Vater, es ist an der Zeit,
Daß du aufhörst — — zu lumpen — — und — und wirst
                           nun gescheidt!
Und — und nimmst dir ein Weib — — wie — es Sitte
                           und Brauch!
Ja! wessen Weib — Vater? Das — das sage mir auch!

Schön! schön! Der Lord wird sich über meine schnellen Fortschritte in der Moral der Italiener nicht wenig
freuen.

Fletcher schüttelte den Kopf. Er hatte die halb-
lauten Ergüsse des Dichters wohl verstanden, wagte
aber keine Bemerkung.

Und was sagen Sie zu den italienischen Frauen,
Fletcher? fragte Moore plötzlich.

Nichts! kein Wort! keine Silbe mehr, Sir! war
die Antwort, seit mich der weibliche Drache, die Fornarina, einmal vor der ganzen Dienerschaft einen Esel
nannte.

Moore wurde in dem abendlichen Cirkel der Signora Benzoni mit großer Zuvorkommenheit aufgenommen und sogleich mit dem Grafen Guiccioli bekannt gemacht. Dieser wußte dem Dichter gegenüber ein ge-
wandtes Auftreten anzunehmen, so daß Moore, trotz der
gegen den Grafen gefaßten Vorurtheile, günstiger von
ihm zu denken begann.

Ein ausgezeichneter Mann, Ihr Freund! sagte der
Graf. Ich schätze ihn als Menschen noch mehr denn
als Dichter, denn in letzterer Beziehung habe ich kein
Urtheil, da ich von der Kunst wenig und von Ihrer
Sprache gar nichts verstehe. Wie schön steht ihm sein
Eifer für Alles, was er für wahr und gut hält — und
wie bedaure ich mich oft selbst, nach meinem Alter und
meinen Erfahrungen solche Illusionen nicht mehr haben
zu können! Er glaubt noch an die Weiber — ein Vergnügen, welches ich ihm herzlich gönne!

Moore war in Verlegenheit. Wollte der Graf das
Gespräch nur auf das Verhältniß des Lords zu seiner
Frau lenken?

Allen Glauben an die Frauen sollte man doch nie
verlieren, sagte er.

Mein Gott! Man sollte nicht! man will auch nicht! aber — man muß! Ich habe meine Erfahrungen, Gott hat mir die Gnade gewährt, mir nacheinander drei Frauen zu schenken, wovon Jede in ihrer Art ein Muster der Vollkommenheiten ihres Geschlechtes war. Allein grade die Besten, Vollendetsten taugen für dies Leben nicht. Wie die Erste die zärtlichste Sorgfalt für mich bewies und sich selbst aufrieb, weil sie mir zulieb sich keine Ruhe gönnte — wie die Zweite in der Nacht aufstand, um für ihren Gatten zu beten — was soll ich Sie mit so alten Geschichten langweilen? Und nun dieses liebliche Kind, die holde Teresa, diese poetische Blumennatur! Sie nimmt die Welt wie einen Strauß, den man ihr bietet — und wie sollte sie anders? Aber wie lange wird dies Glück währen? Wie schnell fallen die Blumen ab! Und wenn sie das einmal erkennt, woher soll sie die Stärke nehmen, um es zu ertragen? Denn sie ist weich und gefühlvoll — aber kein Charakter, kein hoher Geist. Ihr edler Freund bückt sich zu einer bescheidenen Blume herab, die ihm jetzt die Welt ist. Was wird ihm die Welt sein, wenn er erst erkannt hat, wie bescheiden die Blume ist!

Was für ein guter, alter Mann! dachte Moore, der Dichter. Wie wohlwollend er aussieht! — Was für ein verdammter alter Heuchler! dachte Moore, der Irländer. Er sieht aus wie ein gesottener Krebs und spricht wie ein Buch! — Nach eine Pause sagte Moore, der Mensch: Ich denke, Sie sehen zu schwarz, Herr Graf! Sie erkennen nicht alle Vorzüge Ihrer Gemahlin.

Damit alle Meinungen gehört werden, versetzte Guiccioli, reden Sie mit der Dame, welche jetzt auf uns zukommt und welcher ich Sie vorstellen werde. Wie gewöhnlich, widerstreiten sich ihre und meine Ansichten auch in diesem Punkt. Signora Mammoni! Ich habe die Ehre, Ihnen einen Freund von Mylord Byron, seinen Landsmann, Herrn Moore vorzustellen.

Entzückt! Wir kennen Ihren Namen schon! Und Sie, Herr Graf, wollen uns verlassen?

Vorbereitungen zur Abreise rufen mich. Wir treffen uns wie verabredet, Herr Moore!

Zu dienen!

Und hatten Sie nicht Lust, sagte nun Moore zu der Signora, die Gräfin, die, wie ich höre, Ihre Freundin ist, zu besuchen?

Der Graf hat mich ja nicht eingeladen. Er kann mich nicht leiden, weil ich die schöne Teresa immer gegen ihn in Schutz nehme.

In wieweit? wenn ich fragen darf.

Unter uns gesagt! der Graf ist ein alter Esel, der sich für gescheidt und mithin die ganze übrige Welt für dumm hält. Nun glaubt er Teresa einfältig, weil sie sehr ein-

fache Manieren hat. Damit verbirgt sie aber nur was
sie ist, sie ist klug, ungemein klug, sie weiß, was sie will,
was sie thut, wen sie gewinnen will, wen abstoßen —
denken Sie nicht, daß ich nachtheilig von ihr reden will!
— eine Frau muß so sein, all den Tücken der Männer gegenüber. Sie ist jung und schön und will natür-
licherweise gern gefallen, dabei geistreich und gebildet,
so daß sie nicht gleich an jedem Gefallen findet. Trifft
sie nun Jemanden, wie Ihren Freund, den Lord, der
hohe Talente mit ausgezeichneter Schönheit, eine edle
Stellung mit vielen Mitteln verbindet, so müßte sie ja
eine Närrin sein, wenn sie ihn nicht zu fesseln versuchte.
Er beschäftigt ihren Geist und kann ihr auch sonst nütz-
lich sein. Denn, unter uns gesagt! — was Ihnen freilich jedermann sagen wird — der Graf ist ein Geizhals
ersten Ranges, und eine junge Frau von so hoher Stellung kann sich dadurch an seiner Seite nicht besonders
glücklich schätzen.

Moore kam auf allerlei seltsame Gedanken. Warum
hatte der Lord in der letzten Zeit, wie es wirklich der
Fall war, immer so sehr auf Geld getrieben und sogar,
freilich im Scherz, einmal geschrieben, Murray verdiene
für seine Zähigkeit auf sein eigenes Comptoir genagelt
zu werden? Er wußte, daß der Lord da, wo ihm eine
Neigung, wahr oder geheuchelt, gezeigt wurde, unendlich
leicht zu mißbrauchen war.

Glauben Sie in der That, Signora, daß die Gräfin eigennützige Zwecke vor Augen hat?

Bewahre! Wie können Sie das von meiner Freundin denken?

Und der Graf?

Der Graf ist ein sonderbarer Mann. Warnen Sie Ihren Freund vor ihm! Er ist im Stande und sperrt die Gräfin in ein Kloster.

Moore wechselte mit der Dame noch einige gleichgültige Worte und machte sich möglichst schnell aus der Gesellschaft fort, um sich seine Begriffe nicht noch mehr verwirren zu lassen.

Am folgenden Tage trat er seine Reise an und fand in dem Grafen denselben umgänglichen und gefälligen Mann wie am Abend vorher. Ihr Gespräch drehte sich um gleichgültige Dinge, um Ortsverhältnisse, und die Gräfin wurde mit keiner Silbe mehr erwähnt.

Nach den ersten Begrüßungen trennten sich die beiden Dichter von der Gesellschaft und gingen Arm in Arm auf einer der Terrassen des Schlosses hin und her. Moore beglückwünschte den Lord wegen seines guten Aussehens.

In der That, sagte Dieser, finden Sie das? Es kommt von einer gewissen Gemüthsruhe, welche ich seit einiger Zeit genieße, nachdem ich sie, außer in frühen Jugendtagen und kurze Zeit nach meiner Verheirathung,

nie mehr empfunden hatte. Auch lebe ich sehr diät, ich
nähre mich meist von Eiern und Gemüse, und dies hat
einestheils die Folge, mein lebhaftes, zu Wuthanfällen
geneigtes Temperament zu zähmen, anderntheils bewahrt
es mich vor der abscheulichen Corpulenz meiner Mutter,
zu welcher ich mit fortschreitendem Alter hinneige. Sie
selbst war noch viel jähzorniger als ich, und ich glaube,
daß ich viel von ihrem schottischen Temperament geerbt
habe. Sie pflegte wie ich im Zorn mit allerlei Gegen-
ständen um sich zu werfen, und manche Suppen- oder
andere Schüssel flog mir nach, wenn ich sie zuweilen
bei Tisch erzürnte und mich dann schleunig auf die
Flucht begab. Einmal sagte sie zu mir, ich sei ein
kleiner Teufel, das merke man schon an meinem Hinke-
bein, worauf ich ganz ruhig versetzte: Sie haben mich
so geboren, Frau Mutter! Diese kleinen Zwiste abge-
rechnet, lebten wir im besten Einverständniß.

Also Shelley ist bei Ihnen gewesen! Hat er in Venedig sehr gefallen?

Shelley! ja! Eigentlich kann er nur gefallen, wenn
er verstanden wird.

Ich kenne ihn nur wenig, obwohl ich mich seinen
Freund nenne, doch kann ich mir ihn denken nach einer
Stelle aus seinen neuesten Gedichten, welche sein Verhältniß zu der ihm so feindseligen englischen Kritik
betrifft:

Wie Seidenwürmer Honig bringen,
Wie Bienen Seide spinnen,
Wie aus dem Schnee die Blumen springen,
Ist Haß bei mir zu gewinnen.

Das ist seine wahre Meinung. Er gefiel am besten,
wenn er aufgeregt war durch eine Streitfrage oder eine
neue Idee. Die Gräfin Guiccioli sagte einmal von
ihm, sein Gesicht gleiche einer schönen alabasternen Vase,
die man nur in ihrer höchsten Vollkommenheit erblicke,
wenn man sie von Innen erleuchte. Er kam und ging
in Venedig wie ein Abendglühen im Gebirge auf einer
einzelnen Spitze, welches Niemand sieht und genießt
als der einsame Wanderer, der in der Gebirgsöde seinen Blick sehnsüchtig nach dem Himmel und den Silber-
hörnern richtet. Und dieser einsame Wanderer war ich.

Ich hoffe ihn in Pisa zu sehen.

Sie werden dann aus seinem eignen Mund das
Entzücken vernehmen, in welches ihn die „Irischen Me-
lodien" versetzt haben.

Das Verdienst ist nicht mein, versetzte Moore bescheiden, diese Gedichte werden, wie die Fliege im
Bernstein, nur der Materie wegen geschätzt, welche sie
umgibt.

Aber nun erzählen Sie doch ein wenig von England!

Nun, versetzte Moore lächelnd, Murray hat sich

durch Ihre Aeußerung, er verdiene auf seinem Ladentisch gekreuzigt zu werden, etwas gekränkt gefühlt.

Der Ausdruck war zu hart, es ist richtig, allein ich
brauchte Geld ... dringend für ... doch das ist eine
Angelegenheit, die nicht mich allein angeht.

Moore stutzte. Sein Verdacht bestätigte sich mehr
und mehr.

Was haben Sie nur? rief Byron. Sie sind so
wortkarg, so nachdenklich! Schmollen Sie noch mit mir,
weil ich nicht nach England gekommen bin?

Nein, Mylord! Allein ich kann mir doch manches
in Ihren Verhältnissen nicht erklären. Grade heraus,
man hat mir gerathen, Sie zu warnen, Sie sollen auf
dem Punkt stehen, mißbraucht zu werden. Trauen Sie
dem Grafen nicht!

Nicht über den Weg! Wer sagt denn, daß ich ihm
traue?

Und der Gräfin?

Alles!

Der Graf beabsichtigt, sie Ihnen zu rauben ... in
ein Kloster zu sperren ...

Ha! das ist's! darum seine Zuvorkommenheit, um
mich sicher zu machen! darum seine Abwesenheit, um
alles vorzubereiten! Aber gut, daß Sie mich warnen!

Was wollen Sie thun?

Ich entfliehe mit ihr! Ich entführe sie! In die

Schweiz! . . . oder nein! die Schweizer gefallen mir
nicht! . . . Nach Amerika! Die Yankees sind schon
lange meine großen Freunde!

Beruhigen Sie sich, Mylord! Sind Sie denn auch
sicher, daß sie mit Ihnen geht?

Wie meiner selbst! Bis ans Ende der Welt! Heute
noch will ich ihr meinen Plan mittheilen.

Byron! sagte Moore ernst, rechnen Sie das Wort,
das ich jetzt spreche, meiner Freundschaft für Sie an!
Sie sind gewiß, daß die Gräfin Sie nicht durch ihre
Reize, ihren Geist, ihre Bildung an sich zieht, um Sie
später . . . pecuniär zu mißbrauchen?

Niederträchtige Verleumdung! fuhr der Lord auf,
aber sogleich gemäßigt, faßte er Moore's Hand: das
kam nicht aus Ihnen, vergeben Sie meiner Aufwallung!
Sie werden die Gräfin kennen lernen. Teresa ist das
einfachste, harmloseste Geschöpf, das Sie sich denken
können. Was kann sie dafür, daß sie schön, daß sie
jung, daß sie geistreich, daß sie gebildet ist? Sie setzt
keinen ihrer Reize ins Licht; wenn sie blaue Strümpfe
hat, sorgt sie dafür, daß ihr Rock sie verdecke. Sie
liebt mit Aufopferung, und da kann man nicht begreifen, daß etwas in der Welt ohne ein Interesse geschehen
solle. Der Graf hat Ihnen das alles soufflirt.

Der Graf nicht, er hat vielmehr ein ähnlich günsti-
ges Urtheil über sie gefällt, wie Sie, Mylord, sondern

eine Dame aus einer Ihnen befreundeten Gesellschaft, gleichgültig welche! .

Gleichgültig welche! Sie werden erfahren, wie irrig Sie berichtet sind. Es ist noch nicht spät am Abend, schlagen Sie dem Grafen und dem Gamba eine Parthie vor, sie werden gern dabei sein. Dadurch gewinne ich Zeit, selbst mit der Gräfin zu reden.

Graf Guiccioli hatte indessen der übrigen Gesellschaft erklärt, wie er durch Geschäfte nach Venedig und dort mit Moore zusammengekommen sei. Er bat dann Teresa um ein kurzes Gespräch mit ihm allein, und als sie davon zurückkam, schien sie nicht sonderlich erheitert. Auch die beiden Gamba waren schweigsam, und Graf Guiccioli, der sehr munter einherging, suchte sich Trelawney zur Gesellschaft und schwatzte diesem allerlei Geschichten vor.

Bald traten die beiden Freunde wieder ein, und nach einer kurzen allgemeinen Unterhaltung machte Moore seinen Spielvorschlag. Er ward angenommen, und die Betheiligten begaben sich sogleich in das Spielzimmer. Trelawney zog sich in die ihm angewiesenen Gemächer zurück, und Lord Byron und Teresa fanden sich nun allein einander gegenüber.

Die Unterhaltung wollte nicht recht in Gang kommen, und so griff der Dichter nach seiner Schreibmappe, öffnete sie und zeigte Teresa einige der letzten Strophen

des Don Juan, an dessen Fortsetzung er grade arbeitete. Er selbst versuchte, an den folgenden Stanzen,
deren Entwurf bereits vorlag, weiterzuschreiben.

Nachdem Teresa das bereits Geschriebene gelesen,
lehnte sie über seine Schulter und blickte auf das Papier. Jetzt war eine Strophe vollendet, allein der
Sprache nur unvollkommen mächtig, konnte sie den
Sinn derselben nicht verstehen. Was heißt das, Gordon? fragte sie, mit dem Finger auf das Papier deu-
tend.

Nichts! versetzte der Dichter, zerstreut aufblickend.
Nichts! nur ... ihr Mann kommt.

Erschreckt sprang die Gräfin, den Sinn dieser Worte
mißverstehend, auf und rief: Wie! kommt er wirklich?
Er ist ja drüben beim Spiel!

Nein, Teresina, versetzte der Dichter lächelnd, Ihr
Mann kommt nicht, der ist beim Spiel, allein der
Mann Julia's, Sennor Alonso, kommt mit Hut und
Degen, Mägden und Lichtern. Aber was wäre es auch,
wenn statt seiner der wirkliche Graf jetzt ankäme?

Die Gräfin war verwirrt.

Teresa, sagte Byron, setzen Sie sich hier zu mir,
ich habe mit Ihnen ernsthaft zu reden, nicht zu scherzen.
Der Graf sinnt Verrath gegen Sie und mich; ich
fürchte die Dolche seiner Banditen nicht, allein für Sie

fürchte ich, Teresa! Er wird einen Gewaltstreich machen und Sie in ein Kloster sperren.

O mein Gott! das ist's, was mir lange schon geahnt hat.

Wir müssen ihm zuvorkommen und entfliehen. Ein kurzer Entschluß, Teresa, und wir sind frei und glücklich. Ich habe alles bereit, in einigen Tagen sind wir in der Schweiz und leben dort verborgen an den Ufern eines ihrer herrlichen Seen.

Sie scherzen, Gordon, weil Sie wohl wissen, daß das unmöglich ist.

Warum ist es unmöglich? Wie ich Ihnen sage, ist alles bereit, und ich habe zuverlässige Leute, um unsere kurze Flucht, wenn sie entdeckt und verfolgt werden sollte, mit Gewalt durchsetzen zu können.

Nicht darum! Ich ... ich werde mich nicht zu einer Flucht verstehen.

Nicht zu einer Flucht? Sie nicht zu einer Flucht? Und warum nicht? Ihrer eigenen Ansicht nach ist die Liebe das höchste Gesetz, und daß diese unsere Entfernung gebietet, darin sind wir ja einverstanden. Daß die Flucht möglich ist, hören Sie von mir; also wo bleibt ein Grund zum Zögern?

Sie haben Recht, ich erkenne die Liebe als das höchste Gesetz: die Liebe ist für uns der Beruf, die ernsthafte Beschäftigung des Lebens, sie ist ein Bedürf-

niß, eine Nothwendigkeit, nicht das kalte und berech-
nende Wesen, welches, wie wir in Ihren Büchern lesen,
den Frauen des Nordens eigen ist. Allein wir kennen
auch die Sitten, wenn sie auch anders sind als die
Ihrigen, und wenn wir gegen Ihre Gesetze der Sitte
handeln, weil sie für uns nicht gelten, so haben wir
doch die unsrigen und wissen uns darnach zu richten.
Nichts mehr von der Flucht, Gordon, wenn ich Sie
bitten darf! Ich wähle lieber das Kloster, wenn ich ihm
auf keine andere Art entgehen kann.

Ja so! ich vergaß! rief Byron, Frauen wollen
überredet sein, sie wollen Worte, ich bin mit der
Thür ins Haus gefallen! Glauben Sie nicht, Teresa, daß es schön sein würde, wenn wir uns ganz
und nur uns angehörten? Wenn keine Furcht vor
Ihrem Gatten Sie von meiner Seite riefe? Wenn
Niemand kommen könnte und sagen: wir reisen ab,
trennt euch!? Oder — Sie kennen die Schweiz noch
nicht! Denken Sie sich eine Hütte am Ufer, eine hohe
Baumgruppe verdeckt sie halb dem Auge, neben ihr
breitet sich eine lachende Wiese und steigt allmälig einen
Berg hinan, wo Felsen durch das zarte Grün blicken
und das Geläute der Heerden klingt. Höher hinauf
wird der Berg düstrer und steiler, ein ernster Kiefern-
wald, mit jungem, hellem Laub durchwachsen, blickt
herunter. Drüber hinaus ragen wieder Felsen, riesen-

groß, von allen Farben und Formen, bald wie zur
Wohnung von Hünen zusammengestellt, bald einzeln
dasitzend, wie versteinerte Thiere der Urwelt. Von
ferneren Kuppen glänzt silberweiß der Schnee herab,
und wenn der heiße Sommertag vorüber, dann schau-
kelt sich der Kahn, der vor der Hütte liegt, hin und her
auf der krystallhellen Fluth; ringsum spiegelt sie die
Abendlichter des Himmels in rosiger und goldener Farbe
ab, und die hohen Bergeskronen selbst sind roth vor
Freude über die Herrlichkeit der untergehenden Sonne.

Teresa schwieg.

Dies Bild reizt Sie nicht, das hätte ich denken sollen; wir sind beide keine Schäfer. Sie wollen also die
Schweiz nicht! Was halten Sie von Frankreich? Dort
leben wir in der großen Menschenwüste unbemerkt, un-
gekannt, höflich geht Einer an dem Andern vorüber und
fragt nicht, wer er ist. Dort wird uns Niemand finden
und wir fragen nach Niemand. Oder wenn Sie die
geistreiche Gesellschaft lieben, wie zuvorkommend wird
man die interessante italienische Gräfin aufnehmen, ohne
nach Sitte und Herkommen Italiens zu fragen.

Abermalige Pause.

Frankreich scheint Ihnen nicht sicher genug. Wohlan!
Ich habe noch einen Vorschlag, das Land der Zukunft,
das Land aller nur möglichen Freiheit, das Land endlich, wo wir einsam am Bergsee und geräuschvoll im

Gewühl der großen Stadt, aber immer sicher und un-
erkannt leben können. Ich bin bereit, Sie dahin zu
führen, nach Amerika!

Sie wollen mir durch Qual das abnöthigen, was
Ihnen mein freier Wille nicht gewähren kann, sagte nun
die Gräfin, allein es wird Ihnen nicht gelingen. Ich
kann etwas nicht thun, was die Verachtung von Jedermann auf mich ziehen müßte; ich kann nicht.

Sie wollen nicht.

Sie verstehen mich nicht, Gordon, versetzte die Gräfin traurig, sonst würden Sie mir Ihr Verlangen, Ihren Wunsch und Ihre schönen Bilder erspart haben.

Ich bitte, Teresa, besinnen Sie sich noch, ehe Sie
mir eine so feste Antwort geben. Ich kann nicht denken, daß Sie auf diesem Beschluß beharren werden.
Sie würden mich damit fort, aus dem Lande treiben!

Ich werde darauf beharren, und Sie — Ihrem
Freunde nach England folgen?

Richtig! fuhr der Lord auf, das war das Stich-
wort! Das war der Trumpf, der auf mein leichtsinni-
ges Spiel gehörte! Ich danke für die Belehrung, ich
will sie mir merken. Bleiben Sie! — Gehen Sie in
ein Kloster! — Meine Rolle muß ich mir erst noch
überlegen, ich weiß noch nicht, welche ich nehmen werde,
wahrscheinlich die des Narren. Ich bitte nur um etwas Bedenkzeit!

Eine tiefe und lange Pause entstand.

Ich habe noch einen Auftrag vom Grafen auszurichten, sagte dann die Gräfin.

Ich bin ganz Ohr.

Er klingt hier etwas sonderbar. Er räth Ihnen nämlich, die Summe, welche Sie bei Signor Cameroni in Padua fundirt haben, da derselbe nicht mehr ganz fest stehe, bei ihm anzulegen — er will sie Ihnen mit vier Procent verzinsen — mehr zu geben — verbiete ihm seine Ehre. Was haben Sie?

Nichts! nichts! versetzte der Lord, welcher bei den Worten der Gräfin einen Versuch gemacht hatte, sich zu erheben, aber leichenblaß in seinen Stuhl zurückgesunken war. Ich . . . ich werde dem Grafen die Antwort selbst geben.

Nach einer Pause erhob sich der Dichter mit fester Haltung, wünschte der Gräfin freundlich gute Nacht und verließ das Zimmer.

XIII.

Im Palast Mocenigo in Venedig herrschte die frühere Lebendigkeit, denn sein Bewohner war, mit seinen beiden Freunden und der Dienerschaft, wieder eingetroffen. Spazierritte, Gondelfahrten, Besuche der Theater und des festen Landes wechselten unter einander ab, auch das von Padua nicht weit entfernte Grab Petrarca's in Arqua wurde besehen, und Moore lobte die Einfachheit des Sarggehäuses, welches sich in einem anmuthigen Gebüsch, von vier starken Pfeilern getragen, erhob.

Byron machte den eifrigen Cicerone, führte seine Freunde in den schönen Kirchen Venedigs umher, ließ ihnen das Arsenal und die Forts zeigen, nur zu den Armeniern kam man nicht hinüber. Als sie eines Tages die Rialtobrücke passirten, sagte der Dichter: Wissen Sie auch, meine Herren, den Ursprung des Wortes: Bankerott?

Auf die verneinende Antwort fuhr er fort: Der lebhafte Handel der italienischen Staaten in und nach dem Mittelalter hat bekanntlich in der Handelssprache eine Menge italienischer Worte eingebürgert, so auch dieses. Hier auf dem Rialto war nämlich die Börse der venetianischen Kaufleute, natürlich unter dem Gewühl der Brücke. Aber jeder bedeutende Kaufmann hatte auf einer der Seiten seinen Platz mit einer Bank, welche seinen Namen trug. Wenn nun ein Handelsherr insolvent wurde, so zerbrach man die Bank mit seinem Namen und aus diesem Sinnbild des banchetto rotto, der zerbrochenen Bank, ist jenes Wort entstanden.

Mit Bedauern hatte Moore bemerkt, daß die Heiterkeit, welche der Lord jetzt an den Tag zu legen pflegte, weit von der entfernt war, die er in früheren Zeiten an ihm gekannt, und er erinnerte sich, wie der Lord gegen ihn damals geäußert hatte: Wenn ich auch in Gesellschaft derer, welche ich leiden mag, durchaus vergnügt erscheine, so bin ich doch innerlich einer der unglücklichsten Menschen, welche je gelebt haben.

Von der Angelegenheit mit der Gräfin wurde nicht gesprochen, nur drei Worte hatte der Dichter zu Moore gesagt an jenem Abend nach dem Spiel, dem letzten Abend auf dem Schloß am Po, indem er ihm die Hand schüttelte: Sie haben Recht.

Zu derselben Zeit fand sich auch Graf Guiccioli wieder bei der Signora Mammeni ein.

Nun? sagte diese, sind Sie Ihrem Lord nachgereist, um ihn zurückzuholen?

Doch nicht! versetzte der Graf.

Haben Sie das Geld?

Leider nicht!

Und was sagte der Lord auf Ihren Vorschlag?

Sehr wenig. Ich ließ ihn natürlich durch die Gräfin angehen. Am nächsten Morgen kam er sehr höflich zu mir, um sich, wie er sagte, von mir zu verabschieden. Ich war nicht wenig überrascht. Es sei seine Pflicht gegen seine Freunde, sagte er, ihnen Venedig zu zeigen, ihnen Vergnügen zu machen, sie nicht blos am Po herumzuführen und dergleichen; was das Geld betreffe, so bedaure er, darüber schon anderweitig disponirt zu haben, er würde es sonst in keine würdigeren Hände haben geben können. Ich bedaure es natürlich auch.

Armer Graf! und was nun? Sie sind nun, wo Sie waren.

Doch nicht so ganz. Den Engländer bin ich nun los und die beiden Gamba auch. Denn als Teresa diesen erklärte, sie befinde sich vollkommen wohl und habe keinen größeren Wunsch, als auf dem Schloß am Po so lange als möglich zu bleiben, zogen sie wieder ab. Ich kann mir noch nicht denken, wie alles gekommen ist.

Ich wohl. Dieser Freund, Herr Moore, hat einige

Andeutungen von mir erhalten, welche weiter gegangen sind und in glücklichem Zusammentreffen mit anderen ihre Früchte getragen haben. Stupido stranierol Rennt wie ein Stier drauf los, wenn ihm ein farbiges Tuch vorgeschwenkt wird!

In der That, ein guter Erfolg!

Der aber nicht dauern wird. Man wird sich beiderseitig unglücklich fühlen, man wird sich verständigen, man wird die Gamba's unterrichten, und dann ist alles schlimmer als vorher.

Zeit gewonnen, alles gewonnen. Lassen Sie mich machen.

Die Thatsachen waren, wie der Graf sie erzählt, und ihr Zusammenhang, wie die Mammoni ihn vermuthet hatte.

Nach einigem Aufenthalt in Venedig drängte Moore zur Abreise; er wollte Rom sehen. Trelawney, dessen Reise nach Neapel nicht zu verschieben war, bot sich ihm zum Begleiter an. Byron selbst war jeder längere Aufenthalt in Venedig verleidet: er beschloß einen Ueberzug auf längere Zeit nach Ravenna, wo ihn die Freunde auf ihrer Rückreise treffen sollten.

Seine Verstimmung nahm täglich zu und äußerte sich meist in der Härte, mit welcher er Urtheile über Menschen und Zustände zu fällen pflegte. Alle Menschen sind von Natur durchaus Schurken, sagte er am letzten Tage zu Moore, und ich bedaure nur, daß ich kein Hund bin, um sie beißen zu können.

Und so wollen Sie alles Edle, Aufopfernde in der Menschennatur wegleugnen?

Allerdings. Womit opfern sie sich auf? Höchstens verleihen sie Geld an Leute, von welchen sie wissen, daß sie es einst wiedergeben, und ihr Edelmuth dabei ist, daß sie keine Zinsen nehmen. Und doch wird, der das thut, sich keinen Augenblick besinnen, in einem Pferdehandel seinen besten Freund um die halbe Kaufsumme übers Ohr zu hauen. Das liegt uns nun einmal so im Blut.

Also können wir nichts dazu. Das ist wenigstens christlich gedacht.

Haben Sie auch gelesen, daß Galignani's „Messenger" Napoleon und mich die beiden eitelsten Menschen dieses Jahrhunderts genannt hat?

Das ist ein Compliment, denn Beiden kann man nicht bestreiten, daß sie Ursache dazu haben.

Ich habe noch etwas mit ihm gemein: Er, der König des halben Continents, Brummel, der König der englischen Mode, und ich, der unterthänigste Diener aller Musen und Grazien, sind in einem Jahre ruinirt worden: Napoleon auf dem Schlachtfelde von Waterloo, Brummel durch seine Schulden, und ich — natürlich durch eine Frau, und in diesem Fall sogar durch meine Frau!

> Von Galgen, Rad und Schwert kann man entkommen,
> Von Stahl und Blei,
> Doch wer sich allzusehr der Weiber angenommen,
> Ist vogelfrei!

Und nun, sagte Moore, — Sie haben das Thema selbst berührt — können Sie sich nun nicht entschließen, nach England zurückzukehren?

Jetzt weniger als je. Daß ich nie dahin zurückgekehrt wäre! Es war nie mein Wille, und ohne die Krankheit meiner Mutter hätte ich Griechenland nicht verlassen. Haben Sie schon in den Literaturvorlesungen von Schlegel geblättert?

Noch nicht.

Ich saß die halbe Nacht darüber auf — obwohl ich sie im Original nicht lesen kann, denn — leider! Alles, was ich von der deutschen Sprache verstehe, beschränkt sich auf einige kräftige Postillons- und Hausknechtsflüche, wie Sakerment! und Schwerenoth! welche von meiner Rheinreise her an mir hängen geblieben sind. Doch in diesem Fall thut es nichts, die Vorlesungen wollen mir nicht recht ankommen. Er schreibt sehr schön, aber am Ende weiß man doch nicht, was er eigentlich will. Auch bringt er viel Unrichtiges. Von Dante z. B. sagt er, der größte und nationalste Dichter der Italiener sei bei feinen Landsleuten nie sehr beliebt gewesen. Das ist nicht wahr. Dante hat mehr Herausgeber und Erklärer gefunden als Ihre übrigen Dichter alle zusammengenommen. Und nicht beliebt? Nun, der Italiener spricht Dante, schreibt Dante, denkt und träumt Dante, und zumal jetzt in solchem Maß, daß es lächerlich sein würde, wenn es nicht verdient wäre.

Also kommen bei den Deutschen auch Unrichtigkeiten vor! Auf wen in der Welt kann man sich aber dann noch verlassen?

Auf Niemand, das ist richtig. Hat ja doch Goethe selbst in „Kunst und Alterthum" mir zur Erklärung der gespenstigen Astarte eine Mordgeschichte aufgebunden, die ich in Florenz angestellt haben soll; ich, der ich damals, als ich den Manfred schrieb, noch mit keinem Fuß dort gewesen war!

Wenn Sie mit nach Rom kommen wollten, würden Sie alle diese Grillen und noch andere dazu vergessen.

Und desto mehr neue fangen! Rom beruhigt nicht, es regt auf, wir haben nichts Fertiges, Ganzes mehr, sondern nur Anfänge oder Trümmer, lauter Fragezeichen. Wie Recht hatte jener Römer, der eine Hand voll Staub und Steingebröckel, aufgerafft unter einem halbzertrümmerten Triumphbogen, dem Besucher entgegenhielt und ausrief: Questa è Roma antica! Das ist das alte Rom!

Eine Pause erfolgte.

Es schmerzt mich, Sie in so trüber Stimmung zurücklassen zu müssen, sagte dann Moore.

Ich bin 'ja ganz lustig, Freund, ganz lustig und vergnügt in Aussicht auf das baldige Wiedersehen in Ravenna, wenn Sie italientrunken zurückkommen werden. Und zum Beweis meiner Lustigkeit sollen Sie heute Abend beim Abschiedsmahl ein funkelneues Lied von mir haben, das ich jetzt sogleich zu machen gedenke.

Byron hielt Wort, denn im Laufe des Diners, welches die Freunde zum letztenmal vor der Abreise vereinigte, erhob er sich und brachte eine Apostrophe an Moore aus:

> Meine Gondel liegt am Strande
> Und mein Schiff im Meere noch,
> Aber eh' ich stoß' vom Lande,
> Dir, Tom Moore, ein dreifach Hoch!
> Um die seufzend, die mich lieben,
> Ob dem lachend, der mich haßt,
> Ist ein Herz mir doch geblieben,
> Das auf jed Geschick gefaßt:
> Mag des Meeres Fluth mich drängen,
> Immer trägt sie doch mich fort!
> Mögen Wüsten mich umfengen,
> Gibt es doch Oasen dort!
> Flösse in des Todes Stunde

Aus des Bechers Grund heraus
Noch ein Tropfen mir zum Munde,
Dir dann bräht' ich gleich ihn aus!
Und in Weinen wie in Wassern
Wäre dann mein Trinkspruch noch:
Friede deinen, meinen Hassern!
Und auf dich: ein dreifach Hoch!